Sebastian Stoner

Genie oder Wahnsinn?

Mein Leben mit einer schizoaffektiven Störung

www.tredition.de

© 2021 Sebastian Stoner

Verlag und Druck:
tredition GmbH, Halenreie 40-44, 22359 Hamburg

ISBN
Paperback: 978-3-347-39006-5
Hardcover: 978-3-347-39007-2
e-Book: 978-3-347-39008-9

Schizoaffektiv. Was ist das eigentlich? In erster Linie ist es einfach eine Diagnose, damit sich Fachleute besser darüber unterhalten können. Ich hatte im Laufe meines Lebens allerdings schon so viele Diagnosen, dass ich damit alleine ein Buch füllen könnte. Am verständlichsten ist es wahrscheinlich, wenn man sagt, dass es einfach manischdepressiv ist, mit Wahnvorstellungen. Mit Depressionen können wahrscheinlich die meisten etwas anfangen. Manisch ist das Gegenteil davon.

Leider wird in den Medien immer noch vieles so dargestellt, als wenn jeder psychisch Kranke ein Amokläufer oder Schwerverbrecher wäre. Dabei kann es jeden treffen.

Im folgenden Text habe ich versucht meine letzten Monate, in Tagebuchform darzustellen, wie es ist, wenn man glaubt es geht ohne Medikamente und ohne fremder Hilfe. Damit möchte ich ein wenig mehr Verständnis und Toleranz für psychische Krankheiten erzeugen. Ich habe versucht so ehrlich und authentisch zu berichten, wie es mir möglich war. Also los:

Gestern war ich beim Grab meines Vaters. Ich habe eine orangene Duftkerze angezündet. Darauf stand Afrika. Irgendwoher habe ich mal gehört, dass wir alle aus Amerika kommen und in Afrika enden. Amerika hat irgendwas mit Meer zu tun. Afrika ist mir noch ein Rätsel.

Free könnte darin stecken. Jedenfalls ist interessant, dass gestern genau vor einem Monat mein Vater gestorben ist. Ich wusste das genaue Datum nicht. Am Abend habe ich dann am Patezettel gelesen, dass es der 16. Dezember war.

Seit ich von meiner Reise zurück bin sind magische Dinge passiert. Ich bin jetzt sehr gläubig geworden und lasse mich von Gott führen. Er meint es gut mit mir, da bin ich mir mittlerweile sicher, auch wenn es manchmal ganz schön heftig zugeht. Jedenfalls geht es mir von Tag zu Tag besser und ich erlebe wirklich schöne Dinge. Mit Menschen habe ich derzeit mein größtes Problem. Ich kann niemanden mehr vertrauen, außer Gott und mir. Er ist zu meinem besten Freund geworden. Denn er ist wirklich immer für mich da. Es macht mir auch nicht mehr so viel aus, dass ich alleine bin, denn wenn ich zurück denke, dann war von den Menschen in meiner Umgebung sowieso nie dann wer da, wenn ich ihn gebraucht hätte.

Jedenfalls macht das neue Leben Spaß. Ich bin jetzt wirklich auf meinen Weg. Auch wenn ich dem ganzen noch nicht wirklich glauben kann. Es ist auch sehr viel passiert in den letzten Monaten.

Ich habe meine Wohnung komplett so eingerichtet, wie es für mich passt. Aber ohne große Anstrengung, putze ich, wasche ich, ja sogar bügeln tue ich. Jeden Tag hat ich in meiner Wohnung etwas verändert. Alte Bilder sind einfach so wie von Geisterhand, meiner natürlich, verschwunden und stattdessen hängen jetzt Fotos an meine Wänden. Ich hatte fast nur abstrakte Malereien von mir aufgehängt. Jetzt hängen realistische Bilder von der Wirklichkeit. Das wiederspiegelt meine letzten 30 Jahre. Alles war abstrakt, wie in einem Nebel. Jetzt ist alles real und klar. Das verunsichert mich manchmal enorm. Aber ich habe keine Angst. Ich habe auch keine Angst mehr vor dem Sterben. Ich lasse mich einfach treiben und schaue, was als nächstes passiert. Es ist, wie wenn ich eine Marionette wäre und mich selbst steuern würde. Das klingt ein wenig beängstigend, aber so ist es. Ich bin mein eigener Beobachter. Ich beobachte mein Außen und mein Innen zugleich. Es gibt auch nicht mehr viel zum Reden. Ich unterhalte mich mit mir selbst. Ich wüsste auch gar nicht, wie ich meinen derzeitigen Zustand jemand anderen erklären sollte. Denn es ist alles logisch und doch so neu und fremd für mich. Früher, wenn ich ein Problem gehabt habe und jemanden gefragt habe hat das zu noch größeren Problemen geführt. Bitte nicht helfen, es ist so schon schlimm genug. Wenn ich alleine daran denke, was ich bezüglich schlafen schon alles gehört habe. Da kann ich ein eigenes Buch darüber schreiben. Nicht schlafen zu können ist ganz schlimm. Jetzt weiß ich, dass man seinen Schlaf-Wach-Rhythmus selbst herausfinden muss. Ich dachte wirklich immer, ich bin nicht normal. Habe ich 6 Stunden ge-schlafen, was nie der Fall war und jemanden gefragt habe und er 8 Stunden geschlafen hatte, dann fühlte ich mich erst wieder schlecht. Jeder hat da seine eigene Meinung, doch in allen Lehrbüchern oder bes-ser gesagt, die allgemeine Meinung ist, dass jeder Mensch 6-8 Stunden Schlaf braucht. Wenn das nicht so ist, dass ist man nicht normal. Punkt. Dann geht's los mit Schlaftabletten.

Mit Zahlen setze ich mich derzeit auch viel auseinander. Wofür steht beispielsweise die 6. Manche habe ich für mich schon entschlüsselt. Auch mit der inneren Uhr beschäftige ich mich. Es ist absolut nicht egal, ob es vormittags oder nachmittags ist. Ob es 7 Uhr in der Früh, oder 10 Uhr am Vormittag ist. Das herauszufinden ist wahnsinnig spannend. Deshalb beobachte ich mich ganz genau. Wenn geht etwas leichter und wann etwas schwerer. Mit der Aussage, die ich mein Leben lang gehört habe, dass es eben gute und schlechte Tage gibt und gute und schlechte Phasen gibt. Damit habe ich mich nie zufrieden gegeben. Ich wollte immer und will es immer noch wissen, warum es mir gut geht und warum nicht. Die letzten Monate bin ich da schon um einiges weiter gekommen. Dann gibt es wieder Momente, wo alles ganz logisch und klar ist. Dann denke ich mir, wozu hast Du dich so viel damit beschäftigt, wo dann einfach alles sowieso in einem Punkt zusammen läuft. Aber das ist das Leben.

Als ich beschloss, mein Leben zu ändern wollte ich ein schöneres Leben haben. Also schaute ich zurück, was alles nicht so war, wie ich es gerne gehabt hätte. Das Interessante dabei ist, wenn es einem im Moment gut geht, dann schaut man zurück und denkt sich, dass alles gut war. Dabei war es das keineswegs.

Jetzt hatte ich gerade ein wahnsinnig tolles Gefühl. Montag, 18. Jänner 2021. Ich sitze da am Computer und schreibe und da ist es. Genau das wollte ich immer. Die Wohnung schön eingerichtet. Im Hintergrund das Plätschern des Zimmerbrunnens. Das Dachflächenfenster ist mit zarten Eiskristallen bedeckt. Davor am Fensterbrett stehen drei Grünpflanzen. Ich habe gerade eine Karfiolsuppe gegessen, danach ein Toastbrot mit Nutella. Wahnsinn, das ist es. Jetzt bin ich angekommen. Leider weiß ich auch, dass es sich nur einen Moment handelt, aber ich kann ihn ohne schlechtes Gewissen genießen. Und das ist sensationell. Um mich Stille. Nur das Plätschern des Wassers und die Geräusche des Tippens auf die Tastatur. Wahnsinn.

Was ich in den letzten Monaten alles geglaubt habe ich auch sensationell. Einmal am Vormittag saß ich auch genau hier und hörte nur Radio. Ich wußte irgendwas stimmt nicht. Aber von Lied zu Lied wurde mir immer klarer, dass ich mein Leben lang ausgebildet wurde und das ich heuer noch zum Mars fliegen soll. Als erster Mensch. Alles war so eindeutig. Die Farbe Orange, wo ich draufgekommen bin, dass das meine Farbe ist. Ich wusste immer schon, dass ich eines Tages irgend etwas großes, ganz großes erleben werde. Das ich berühmt bin. Die letzten Monate kam ich mir immer irgendwie wie in einem Film vor. Das Schauspielen macht mir großen Spaß. Aber nicht irgendeine Rolle.

Sondern die Rolle meines Lebens. Shakespeare hatte einmal geschrieben, dass die Welt eine Bühne ist und wir alle nur Marionetten. Mittlerweile glaube ich auch daran. Ein Mann, der alles steuert und an der Kommandozentrale sitzt. Und ich bin in voriges Jahr zum zweiten Mal begegnet. Das hat mein Leben total auf den Kopf gestellt. Alles ist irgendwie leichter, doch es ist nichts mehr so, wie es ist. Ich erkenne die Leute, die ich eigentlich schon mein ganzen Leben kenne, nicht wieder. Ich sehe ihnen in die Augen und durch sie hindurch. Ich weiß nicht wer, woher ich den oder die kenne. Ist er Freund oder Feind. Ist er mir wohlgesonnen oder nicht. Gut oder böse. Deshalb bin ich mächtig verwirrt. Weil ich einfach nicht mehr weiß, wem ich vertrauen kann. Deshalb macht mir das Alleine sein nichts mehr aus. Außer manchmal, da fühle ich mich sehr einsam.

Ich beschäftige mich gern mit Etymologie. Die Seele der Sprache und Wörter. Wenn ich ein neues Wort höre, zerlege und analysiere es sofort.

Heute war ich mit meiner Schwester beim Hofer einkaufen. Wie gesagt, es ist alles anders als es jemals war. Ich dachte mir, dass ich irgendwelche besonderen Fähigkeiten habe. Ich kann Dinge wahrnehmen, die anderen nicht auffallen. Aber ich habe keine Ahnung, wem ich davon erzählen könnte ohne gleich als Versuchskaninchen für die Verhaltensforschung zu dienen. Lach. Ich habe die letzten Wochen auch so einiges erlebt, was das betrifft. Ich konnte mich vorigen Sommer einfach nicht entscheiden. Egal worum es ging. Schwarz oder weiß, groß oder klein,....Daran arbeite ich bis heute. Es ist ganz schön mühsam. Beispielsweise, wenn ich auf die Straße gehe. Denke ich mir, heute bin ich freundlich und grüße alle. Wenn dann der erste nicht grüßt, vergeht es mir und beim nächsten der mir entgegen kommt, grüße ich auch schon wieder nicht. Da schlägt allerdings gewaltig auf die Stimmung. Ist grün besser als blau?

11 oder 4? Ich weiß ja, dass Authisten dieses Problem haben. Aber ich bin kein Authist.

Ich habe ja seit 14 Jahren eine beste Freundin. Sie wohnt 2 Häuser neben mir. Ich dachte immer, ich hätte ein psychisches Problem, was ich auch hatte, aber es war mit Sicherheit keine Schizophrenie. Vor ein paar Wochen, als ich bei ihr war und vollkommen klar im Kopf war sah ich ihr Problem. Und mit Sehen meine ich, dass ich es erkannt hatte. In ihrem Körper war noch eine andere Person. Ein Mann. Ich merkte es an ihrem ganzen Gehabe. Wie sie artikulierte. An der Körpersprache. Wenn sie „ich" sagte, wohin sie mit der Hand deutete, usw. Und da merkte ich, dass da zwischen uns tatsächlich wer war. Der Körper ist ja unser Haus, unser Tempel. In dem wohnt unsere Seele. In ihrem Haus wohnt aber nicht nur sie. Das habe ich jetzt wirklich erkannt. An den Abend dachte ich, all die Jahre, wo ich mich mit Psychologie beschäftigte, waren dafür gut, dass ich dazu ausgebildet (von wem auch immer) wurde, um bei anderen Mensch Schizophrenie zu sehen und ihnen so helfen zu können. Wieder so eine Geschichte, wie mit dem Marspiloten.

Eines Tages dachte ich, ich bin der Medicus. Keine Ahnung wer genau das war, aber ich habe die Geschichte gehört. Er wurde angeblich von seinem Volk weg geschickt in die Berge und dann zurück zu kommen und die Kranken zu behandeln. Der nächste Alien.

Rumpelstilzchen war auch einmal da. Ich habe wirklich eines Tages geglaubt, dass meine Freundin Rumpelstilzchen ist und eine Gefahr für mich ist. Ich habe mir die Geschichte durch gelesen und so die Rollen verteilt, wer wer ist.

Eines Tages war ich am Badener Berg. Ich bin zwar dort aufgewachsen und war damals fast jeden Tag dort um zu spielen, radfahren,…Aber das er so heißt, wusste ich nicht. Jedenfalls saß ich vor ein paar Wochen dort oben, mit Blick auf Baden und plötzlich fiel mir der Zauberlehrling von Goethe ein. Walle, walle, manche Strecke, das zum Zwecke Wasser fließe. Ich ging weiter und oben am Rudolfhof ist eine Tafel über die Geschichte. Dass Baden ein Meer war und die Schneiße die vom Rudolfhof hinunter geht, dazu diente, dass jemand kam und das Wasser aufdrehte. Keine Ahnung warum. Aber ich war da in der Rolle voll drinnen. Ich dachte, da ich immer schon stolz auf meine Heimatstadt war, dass ich von Gott zum Traunstein geschickt wurde, um mich ausbilden zu lassen und dass ich dann den Bürgern von Baden irgendwie mit meinem Wissen und meiner Erfahrung helfen kann. Einmal mittags hatte ich wieder so eine Eingebung, dass ich um 12 Uhr mittags bei der Faberhöhe sein soll. Also war ich dort und warte, was passieren würde. Aber es passierte nichts. Ich dachte dann, so jetzt bin ich würdig und ging hinunter in die Stadt um mich feiern zu lassen. Ich hatte zwar keine Ahnung wofür, aber so war es. Es war natürlich auch so, dass niemand auf mich gewartet hat. Lach.

Ich finde es jedenfalls spannend und sehr interessant, wozu die Phantasie im Stande ist. Jetzt bin ich einfach nur froh, dass ich ich bin. Aber krank ist das nicht. Krank hat mich diese Freundin gemacht. Es gibt sogar ein Lied über sie. Nur habe ich das all die Zeit total falsch verstanden. Dorli und ihr Boy-Friend living in a house. Jetzt weiß ich, was damit gemeint ist. Aber hätte es was geändert, wenn ich es früher gewusst hätte? Keine Ahnung.

Sonntag abend ist es mir immer schlecht gegangen. Jetzt habe ich eine Ahnung warum. Ich habe begonnen, die Bibel zu lesen und heute lese ich von der Erschaffung der Welt und dass Gott am Sonntag frei hat. Deshalb konnte er mir gestern nicht helfen.

Natürlich hatte ich von den ganzen Phänomenen schon irgendwo gehört oder gesehen, aber es selbst zu erleben, ist dann doch eine andere Dimension. Ich hatte immer Angst davor, wenn ich es beispielsweise im Fernsehen gesehen habe. Jetzt habe ich davor keine Angst mehr. Mehr Angst machen mir die Menschen auf der Straße und in meiner

Umgebung. Was ich da oft sehen und miterleben muß ist viel schrecklicher. Doch jetzt weiß ich, was mit dem Satz: Herr vergib ihnen, denn sie wissen nicht was sie tun, gemeint ist. Wie mit anderen Menschen oder Lebewesen umgegangen wird. Schön langsam verstehe ich das System ein wenig besser. Das Blöde ist nur, wenn ich in der Früh aufwache ist alles wieder ganz anders. Ein Täter war selbst einmal vielleicht ein Opfer, usw. Eine Mutter, die selbst nie Liebe erfahren hat, liebt sich selbst nicht und nur wer sich selbst liebt, kann auch andere lieben, usw. Das Dumme ist nur, dass es manchmal überhaupt nichts bringt, das alles zu wissen. Denn

Verstehen ist wirklich nur der Trostpreis. Jeder ist für sich verantwortlich und sollte auf sich achten. Was nützt es, wenn ich beispielsweise meine Mutter verstehe, warum sie so ist, aber sie mir trotzdem schadet? Das wechselt ja auch ständig. Wir sind alle in einem System. Einmal sind wir die Guten, dann wieder die Bösen. Von jedem Menschen kann man was lernen. Wirklich weise ist der, der vom Dümmsten noch was lernen kann. Jeder Mensch hat eine Aufgabe, ob die positiv auf seine Umgebung wirkt oder nicht, weiß er selbst gar nicht. Er kann eine Strafe, eine Herausforderung, eine Belohnung, eine Prüfung und was weiß ich noch alles sein.

Wie man sieht ist es nicht so einfach. Lach.

Mit dem inneren Kind setze ich mich ja auch schon seit einiger Zeit auseinander. Vor ein paar Wochen habe ich von meiner Mutter so eine kleine Schneekugel mit einem Schneemann bekommen. Ich stellte sie auf den Schreibtisch und hörte Musik. Ich sah einmal einen Schneemann, der lieb mit einer Blume da stand und einmal ein großes hässliches Gesicht. Daran habe ich mich schon gewöhnt, da ich ja auch in den Wolken oder in Felsen Gesichter von Menschen und Tieren erkennen kann. Doch eines Tages sah ich, wie die Nase des hässlichen Mannes in der Schneekugel sich mit der Mitte des lieblichen

Schneemannes überlagerte. Und plötzlich hatte er einen Penis und die Augen wurden zu Hoden. Da fiel mir ein: Wie die Nase des Mannes, so sein Johannes. Ich dachte dann viel darüber nach, worum das Ganze so ist. War interessant, aber wiedergeben kann ich es nicht mehr.

Wohlgemerkt, ich war vielleicht immer ein bisschen anders, aber ich war nie ein Verschwörungsbefürworter oder ein Freak. Und bin es immer noch nicht. Ich versuchte immer am Boden der Tatsachen, also fast schon wissenschaftlich, zu bleiben. Aber was ich in den letzten Monaten erlebt habe sprengt alles. Es gibt weit mehr, als wir auch nur im Entferntesten ahnen würden. Es hat mir immer Angst gemacht und wirklich daran geglaubt habe ich auch nicht, aber jetzt weiß ich es. Mal sehen, wie es weitergeht. Lach.

Gestern, Dienstag, war ein absolut toller Tag. Ich frage mich immer noch, nein, ich bin gerade dabei, es zu erforschen, warum mir manchmal alles ganz leicht von der Hand geht und dann wieder so ein irrsinniger Druck auf mir lastet, etwas zu tun. Am Schreibtisch neben dem PC steht eine Digitaluhr. Die beobachte ich ganz genau. Beispielsweise jetzt um 15 Uhr (3) bin ich ganz gelöst und ich kann mich gut konzentrieren. Am Vormittag ist es fast immer eine mittlere Katastrophe. Da verspüre ich immer einen Druck, so jetzt mußt Du unbedingt etwas tun.

Am besten gleichzeitig. Obwohl ich weiß, dass ich eigentlich nichts tun muss. Wie schaut das mit der inneren Uhr eigentlich aus. Ich habe mich noch nie so wirklich damit auseinander gesetzt. Aber jeden Tag werde ich ein bißchen schlauer.

Rechts neben meinem Dachflächenfenster steht ein Regal mit 4 Fächern. Auf den obersten 3 habe ich Steine liegen. Seit einiger Zeit sammle ich Steine. Aber wichtig daran ist, dass man sie nicht suchen darf. Sie springen Dich richtig gehend an. Wenn man zum Suchen anfängt, findet man keinen. Das war schon als Kind so. Ich erinnere mich, dass ich gern mit Lego-Bausteinen gespielt habe. Ich hatte eine große Trommel voller Bausteine.

Die habe ich dann am Teppich aus-
geleert. Immer wenn ich bewusst einen Stein gesucht habe, habe ich
ihn nicht gefunden. Erst später, als
ich nicht mehr daran gedacht hatte,
war er auf einmal da. So war es jetzt
auch in Gmunden am Berg. Ich
wollte unbedingt einen Stein aus
Herzform finden. Ich suchte und
suchte und suchte. Aber ich fand
alle möglichen Formen, nur keinen
in Herzform. Die anderen Steine er-
freuten mich auch. Besonders am
Abend, wenn ich sie betrachtete.
Aber auch wenn ich einen gefunden, er mich also angesprungen
hat, freute ich mich. Das macht
dann irgendwie mehr Freude als ein
Lotto-Sechser. Jeden Tag die vielen
kleinen Steine (Wunder) sehen, als

darauf zu warten, dass irgendwann einmal das große Glück kommt. Ich finde, dass das eine gute Technik ist, um Freude am Leben zu finden oder zu haben, wenn man nicht so viel Geld zur Verfügung hat.

Jetzt fliegen gerade viele Krähen an meinem Fenster vorbei. Die letzten Wochen ist mir aufgefallen, dass sie immer um 3 (15 Uhr) vorbei geflogen sind. Obwohl sie keine Uhr haben. Lach. Sie fliegen von Westen nach Osten.

Seit ich voriges Jahr beschlossen habe, mein Leben zu ändern, ich nenne es die Reise, mittlerweile eine magische Reise, beobachte ich gerne die Vögel. Besonders die Krähen. Mein Vater hat sie immer gefüttert und immer wenn ich eine sehr, denke ich manchmal an ihn. Vor 2 Tagen habe ich beobachtet, dass viele Vögel in eine Richtung geflogen sind und nur einer in die entgegen gesetzte. Manchmal, oder sehr oft, sehe ich mich auch so. Es heißt ja, gegen den Strom kommt man zur Quelle. Nur tote Fische schwimmen mit dem Strom. Aber wer ist schon ein Fisch?

Als ich in Gmunden oft so auf der Terrasse gesessen bin und den Sternhimmel sah, dachte ich mir oft, wie wenig ich doch über das alles weiß. Heute beispielsweise habe ich lange nachdenken müssen und es mir geistig vorstellen, wie lange die Erde braucht um sich einmal um die eigene Achse zu drehen. In der

Kindheit wusste ich das wahrscheinlich aus den ff. Die wirklich elementaren Dinge habe ich einfach vergessen. Norden, Süden, Westen, Osten. Wo geht die Sonne auf, wo geht sie unter? So richtig beschäftigen tue mich damit erst seit voriges Jahr wieder damit. Und es ist erstaunlich, worauf ich alles draufkomme.

Sehr spannend finde ich momentan alles, was mit Zahlen zu tun hat. Zahlenspiele. Mit der 3 zum Beispiel. Ich mache dann einfach die Augen zu und es kommen Bilder, Wörter, Begriffe, Zahlen und die verbinde ich dann irgendwie. Im NLP habe ich mal gehört, dass es keine Krankheiten gibt, sondern nur falsche Verbindungen. Aber zurück zu den Zahlen. Seit ich wieder meinen Glauben an Gott gefunden habe, steht die 3 für mich für Vater, Sohn und heiliger Geist. Aber es hängt immer von der Tageszeit ab, bzw. wann ich daran denke. Die Rollen sind immer verschieden. Es kann auch Vater, Mutter, Kind sein. Ich spüre da auch immer in mich hinein und lasse mir die Antwort geben. Diese Konstellationen in mir zum Beispiel. Das innere Kind, Vater (mein leiblicher oder Gott), Mutter. Mutter Erde, Vater Staat. Das alles aufzuschreiben ist sehr kompliziert, das es sich ständig ändert und eher Bilder sind als Worte.

In der Mitte des Lebens, wo ich mich gerade befinde. Vermutlich, da ich ja nicht weiß, wie lange ich lebe, soll ja die materielle Welt in die spirituelle Welt übergehen. Das hat bei mir schon stattgefunden. Seit voriges Jahr.

Mein Gott, ich könnte gar nicht mehr aufhören zu schreiben, denn alles was mir jetzt so einfällt, womit ich mich ein Leben lang beschäftigt habe, wird jetzt so klar, logisch, nachvollziehbar und macht Sinn.

Sigmund Freud. Es, ich, Über-Ich. Wieder 3. Es, das Unbewusste oder das innere Kind. Ich das Herz. Der Verstand oder Geist das Über-Ich. Mir ist schon klar, dass für jeden Ding es unzählige Bezeichnungen, Benennungen gibt. Ein Kleinkind sieht einen Hund und für es ist es ein Wau-Wau. Erst die Lehrer, Eltern oder andere (erwachsene)

Menschen sagen, nein, das ist kein Wau-Wau, das ist ein Hund oder ein Dog oder ein sonst noch was.

Jetzt ist mir auch klar, was der Spruch „Alles geschieht zu seiner Zeit" besagt. Hat wieder was mit Gott, ihn, zu tun. Daran habe ich die letzten 30 Jahre überhaupt nicht gedacht. Es wäre vieles leichter gefallen, wenn ich mich mehr damit beschäftigt hätte. Aber so ist es nunmal.

Noch ein paar Zahlenspiele gefällig. Am Montag, 25.01.2021 ist es 40 Tage her, dass mein Vater gestorben ist. Am Sonntag, 24.01.2021 hätten meine Eltern den 62. Hochzeitstag. So, was könnte das jetzt bedeuten. Die 40 Tage habe ich übrigens einmal von Dorli gehört. Bei den Orthodoxen ist es so, dass die Seele 40 Tage im Körper verbleibt. Dann ist sie erlöst. Es kann aber auch sein, dass man 40 Tage trauern soll. Egal, whatever. Heute früh habe ich bei mir bemerkt, dass es genau um 6:50 einen Schalter im Gehirn umlegt und alles ganz anders ist. Klarer, bewusster, heller, keine Angst,.... Dann zwischen 07:30 und 08:00 war es auch komisch. Da habe ich nachgeschaut, was break auf Deutsch so alles bedeuten kann. Break steht für Unterbrechung, Pause und noch vieles mehr. Unter anderem auch für Abschied. Da dachte ich mir, mit Abschied könnte es was zu tun haben. In der Früh verlassen die Kinder das Haus und verabschieden sich von der Mutter. Da fiel mir ein Erlebnis aus meiner Kindheit ein. Einmal hatte ich einen ganz extremen Weinanfall, als ich mich von meiner Mutter in der Früh verabschiedete. Daran habe ich mich die ganze Zeit erinnern können. Könnte das mit Trauma gemeint sein. Aber zurück zum Abschied. Auch Trennung. Am Sonntag Hochzeit? Das kann doch alles kein Zufall sein. Genauso, wie ich mit meinem Geburtstag am 25.03.1969 genau zwischen dem Geburtstag meines Vaters am 13.04.1933 und dem meiner Mutter am 06.03.1939 falle. Jeweils 19 Tage in die eine Richtung und 19 in die andere. Meine Schwester hat am 1.8.1959. Mit einem Abstand zu mir von genau 10 Jahren. Wieder diese 10. Von 19 die Ziffernsumme ist auch 10. Ich habe Türnummer 10. Das Kolpinghaus in der Valeriestraße, wo ich früher auch ein paar Monate gewohnt habe hat auch die Nummer 10. Und so verfolgt mich die 10 schon mein ganzes Leben lang. Lach.

Irgendwann einmal habe ich gehört, dass ich ein Wunschkind war und meine Schwester nicht so. Wenn man sich die Geburtsdaten anschaut, dann war ich genau in der Mitte. Meine Schwester kreiste irgendwo außerhalb in einer Umlaufbahn. Jetzt, wo ich mein Mitte gefunden habe und mit meinem inneren Kind (mittlerweile glaube ich fest, dass es ident mit Gott ist) Frieden geschlossen habe, bin ich wesentlich ruhiger geworden. Meine Schwester hingegen, die sich nie mit solchen Themen beschäftigt hat und wahrscheinlich mit einem inneren Kind, muß dauernd unterwegs sein.

Heute bin ich auch draufgekommen, dass der menschliche Körper, bei Tieren kenne ich mich nicht so gut aus, genau 7 Organe hat. Das Gehirn, das Herz, die Lunge, die Leber, den Magen, den Darm und das größte, die Haut. Und ich bin kein Mediziner. Mit dem Körper habe ich mich eigentlich immer nur im Zusammenhang mit der Psyche beschäftigt. Psychosomatik. Mittlerweile ist mir auch klar, warum bei mir keine Psychotherapie so richtig angeschlagen hat. Weil es nie wirklich um Gott gegangen ist. Der hat mir gefehlt. Ich habe auch darüber nachgedacht, ob es einen Unterschied zwischen Psyche und Seele gibt. Mein Leben lang habe ich mich mit der Psyche beschäftigt. Erst seit ich die Erfahrung (das Licht) mit Gott voriges Jahr gemacht habe rede ich fast ausschließlich von Seele. Psychiater versus Seelsorger. Es ist seit diesem Tag wirklich alles anders. Aber ich kann gar nicht sagen, ob positiv oder negativ. Es ist vieles dazu gekommen und vieles weggefallen. Aber was könnte es wirklich sein. Habe ich mich gefunden? Bin ich angekommen? Bin ich vom Kind zum Mann geworden? Abgenabelt? Das war ja auch ewig ein Thema. Habe ich Gott wieder gefunden? Ist es wirklich der Übergang von der materiellen in die spirituelle Welt? Habe ich mich mit meinem inneren Kind versöhnt? So wirklich kann ich das noch nicht einordnen. Habe ich die große und einzige Liebe (Gott) gefunden?

Die ersten 3 Jahre nach der Geburt sind ja ein Mysterium. Kein Mensch kann sich daran erinnern. Derzeitiger Stand, also mit heute bei mir ist, dass das Kind bei Gott war. Er ist das Licht. Das erste. Das würde vieles erklären und gleichzeitig auch wieder nicht. Lach.

Ich habe immer noch großen Schiss davor mich mit Gott zu beschäftigen. Obwohl ich mittlerweile glaube, dass es ein liebender Gott und kein strafender ist. Die Strafe erteilt sich der Mensch selbst.

Ich habe immer ein Problem damit gehabt, jemanden zu hassen. Auch mit Gewalt wollte ich nie was zu tun haben. Aber mit Hass sollte ich mich in nächster Zeit ein wenig mehr auseinander setzen. Früher habe ich gedacht, dass man sich von einer Partnerin nur dadurch trennen kann, wenn man sie hasst. Im Laufe der Zeit hat sich das geändert.

Gestern war ich wieder im Wald wandern. Als ich im Helenental ankam ging ich über die Brücke über die Schwechat. Da traf ich 3 Leute, 2 Frauen und einen Mann. Ich sah, dass der Weg Richtung Baden (ca. 1 km) total vereist war. Ein Eislaufplatz. Ich fragte die eine Frau, ob man da gehen kann. Sie sagte, sie hätten umgedreht, da es unmöglich ist. Das war wie ein Signal für mich. Unmöglich? Natürlich probierte ich es aus. Und es machte Spaß. Ich fühlte mich wie als Kind auf dem Eislaufplatz. Und es hat mich nicht mal hingeschmissen. Es war ein gutes Training, wofür auch immer und es hat keinen Cent gekostet, der Spaß.

Interessant finde ich auch, dass ich ohne Einkaufsliste oder irgendwas zu planen, immer genau das im Eiskasten oder Schrank zum Essen habe, was ich will. Intuitiv. Es ist immer alles da. Das erstaunt mich täglich aufs Neue. Und ich ernähre mich total abwechslungsreich.

Ohne Plan. Ich kann auch kochen ohne Plan. Einfach so.

Eigentlich sollte ich ja das Bundes-verdienstkreuz für das bekommen, was ich die letzten Monate voll-bracht habe. Ich habe meine Woh-nung komplett so eingerichtet, wie es für mich passt. Ich kann kochen, bzw. es macht sogar Spaß, bügeln, putzen, waschen. Manchmal denke ich mir, wofür mache ich das alles. Dann fällt mir ein, für mich! Es ist nicht wirklich jemand da, der diese Leistung zu würdigen weiß. Weil es für andere auch so ganz normal ist. Erzähle ich jemanden, dass ich ko-chen kann. Sagt er oder sie, ja kann ich auch. Erzähle ich jemanden, dass ich eine tolle Kondition habe. Kommt gleich ein, naja du trainierst ja auch viel. Erzähle ich jemanden, dass ich das Begräbnis wie in einem Film erlebt habe. Ja, das kenne ich. Es ist also in Wirklichkeit nichts Besonderes für andere. Wie soll ich damit umgehen?

Ein Traum war ja immer einmal als Schauspieler nach Hollywood zu gehen. Jetzt denke ich mir, wozu? Aber es würde mich sehr wohl reizen, wenn ich die Anerkennung bekommen würde, die mir zusteht. So, dass alle, die mir in der Vergangenheit geschadet haben oder mich gedemütigt und ausgelacht haben, auch einmal ganz klein werden. Aber wahrscheinlich werden sie das sowieso von ganz alleine. Mir fällt da ein Buch ein: Der Besuch der alten Dame. Ich habe es nie gelesen, doch ich habe gehört, dass da eine Frau in ihrer Kindheit im Dorf in dem sie lebte, immer ausgelacht, schlecht gemacht, Neudeutsch gemobbt, gehänselt wurde und sie dann weg zog und sehr vermögend wurde und dann im Alter wieder zurück ins Dorf kam und Rache nahm. Das will ich keinesfalls. Denn Rache ist ein sehr kurzes Vergnügen.

Ehrlich gesagt, weiß ich mich nicht mehr so recht, wie ich mich verhalten soll. Besonders unter Menschen. Diese Corona-Krise, bzw. die Berichterstattung macht es auch nicht viel leichter. Einmal lache ich lauthals darüber, dann bin ich draußen auf er Straße und kenne mich nicht mehr aus, bzw. weiß ich nicht mehr, was ich darüber denken soll.

Es wäre ja wirklich schön, wenn sich in der Gesellschaft was ändern würde. Darauf hoffe ich schon seit vielen Jahren. Das nicht mehr die Dummen, lauten, rücksichtslosen, aggressiven den Ton angeben. Gleichzeitig weiß ich aber auch, dass man andere nicht ändern kann, nur sich selbst. Wie gesagt, alles nicht so einfach. Lach.

Heute habe ich gehört. Vorfreude ist die schönste Freude. Daran habe ich nie geglaubt. Wenn man allerdings Four (4) –Freude meint, dann könnte ich damit was anfangen. Aber wofür steht die 4. Otto Waalkes habe ich in meiner Jugendzeit geliebt. Der sang einmal, Theo, wir fahrn nach Lodz. Doch wer sind die 4? Sind es die vier Jahreszeiten, die

4 Musketiere oder vier alle. Ich denke, wir alle.

Andererseits steht die 4 für alles Weltliche. Der Geist formt Materie.

Die Werbung für eine Partnerbörse finde ich momentan auch sehr lustig. Anna wohnt im 4. Stock, 2. Stöcke unter ihr wohnt ihr Traumpartner. Sie hat ihn aber bis jetzt noch nicht getroffen. Wenn man jetzt 2. Stöcke, durch ihre Beine ersetzt, dann steht sie am Boden.

Zum Break ist mir noch Breakfast eingefallen. Break für Trennung, Scheidung,   Loslassen,...Dann sollte man in der Früh sich schnell trennen. Eine kurze Trennung. Besser ein Ende mit Schrecken, als ein

Schrecken ohne Ende. Im Gegensatz zu frühstücken. Frühstück bei Tiffany. Habe ich auch nicht gesehen.

Mir ist fast nichts fremd, was ich momentan so höre. Nur die Verbindungen und verschiedenen Kombinationen sind das spannende. Aus wie vielen Blickwinkeln man etwas betrachten kann. Wie leicht es zu Missverständnissen kommen kann.

Ich spreche momentan so gut wie nichts mehr. Wie gesagt, ich weiß nicht mehr, wem ich vertrauen kann und wem nicht. Auch nicht zu welcher Gruppe ich gehöre. Einmal denke ich mir, ich bin ein Mann, also bin ich gegen die Frauen, die bösen. Dann denke ich mir, die Männer sind ja auch nicht alle nett, bzw.

manche Frauen sind ja voll ok. Die letzten Jahre habe ich die Wiener nicht gemocht. Jetzt ist es mir egal, woher jemand kommt. Es gibt kein Schwarz oder Weiß mehr. Alles ist bunt. Habe ich nicht darauf ein Leben lang hingearbeitet?

Heute habe ich wieder einige wertvolle Erfahrungen gemacht. Ich bin über die Weingärten nach Gumpoldskirchen gewandert. Es hat leicht geregnet und es war gatschig. Genau das richtige Wetter für mich. Wenigstens waren fast keine Menschen unterwegs. Als erstes war ich beim Grab meiner Oma und meines Vaters. Ich habe eine rote Kerze angezunden und einen Stein in Herzform auf die Erde gelegt. Die Kränze waren alle schon weg. Mir gefällt dieser Stein besser als die kalte Platte. Später beim Wandern habe ich dann wieder einen Herzstein gefunden. Fotos habe ich wieder einige geschossen.

Mein Ziel war die Kirche oben, eigentlich ein Schloss mit einer Kirche oder ein Kloster. Keine Ahnung. Jedenfalls habe ich mich in einem Durchgang untergestellt, damit die Kleidung wieder ein wenig trocknet. Erst traute ich mich nicht in die Kirche hinein. Ich hab da seit Jahrzehnten eine Schwellenangst, außerdem wusste ich auch nicht wirklich, was ich drinnen suchen soll. Da sich aber die Zeiten geändert haben, wagte ich es heute. Also, ich stand unter dem Durchgang und dampfte mein Dampfpfeiferl und es regnete immer noch. Da ich mittlerweile einen ganz guten Draht zu Gott habe, dachte ich mir, ich mache die Augen zu und wünsche mir, dass es zu regnen aufhört. Das tat es aber nicht. Dann beschloss ich meine Angst zu überwinden und mir die Kirche von innen an zu schauen. Es war keine Menschenseele drinnen. Zögerlich schaute ich mich um. Es überkam mich eine ganz tolle Stille. Keine Gedanken. Ich schaute mir die Bilder an und habe einiges gelernt. Mein Bild von der Kirche von früher, von der Kindheit und was ich damals alles so mitbekommen habe, hat sich total gewandelt. Es ist bei Gott nicht alles so streng. Auf einem Bild war eine Frau, vielleicht eine Heilige, mit einem Bierglas in der Hand. Also, da sollte ich schleunigst mein Bild korrigieren.

Jedenfalls habe ich auch 2 Kerzen, eine für meine Oma und eine für meinen Vater angezündet. Eine kostet 80 Cent. 8 für Ewigkeit, Eternity, unendlich.

Dann lag dort eine aufgeschlagene Bibel und ich dachte mir, schaust Du mal rein. Zu meinem Erstaunen war da etwas über die 40 Tage zu lesen, wo ich gestern noch nicht wusste, woher die 40 kommen.

Es stand da, an alles kann ich mich nicht mehr erinnern, aber so ungefähr, dass Gott seinen Sohn in Versuchung geführt hat, 40 Tage lang. Der Sohn traf auf den Teufel und er hatte drei Aufgaben für ihn. Die letzte war, als ihn der Teufel fragte, ob er sich vor ihm niederknien würde. Doch der Sohn sagte, Gott sagte, dass der Mensch alles nur nicht das tun dürfe. Weg Satan! Da war der Teufel weg.

Morgen ist ja der 40ste Tag. Spannend. Ich habe heute auch überlegt, dass ich Ödipus spielen könnte und morgen zu meiner Mutter gehen könnte. Dieser Ödipus hat mich auch ein Leben lang beschäftigt. Da ist ja so, dass der Sohn in die Mutter verliebt ist und der Vater im Weg ist. Eines Tages auf einer Passhöhe trifft der Sohn auf den Vater und bringt ihn um. Doch er weiß nicht, dass es der Vater ist. Leider weiß ich nicht mehr so genau, wie die Geschichte endet.

Als ich von der Kirche raus ging hat es wirklich zu regnen auf gehört. Unten kam ich an einem Friedhof vorbei und da machte ich auch eine interessante Entdeckung. Über dem Friedhof waren Krähen. Eine Krähe flog von mir weg und 3 Krähen flogen auf mich zu.

Beim Kloster hing auch eine Tafel über das Labyrinth des Lebens. Oben, unten, Mitte, links, rechts. Der Weg des Lebens gleicht einem Labyrinth. So habe ich es noch nicht betrachtet.

Ich schaffte die ca. 14 km in ca. 4 Stunden 30 ohne große Anstrengung. Es hat großen Spaß gemacht.

Es war ein toller Tag, bis auf meinen Zusammenbruch daheim dann.

Ich saß in meinem Sessel und hörte Entspannungsmusik und relaxte. Dann wollte ich aufstehen und die Jalousie beim Fenster runterlassen, da versagten plötzlich meine Beine. Es war dann doch zu viel. Jedenfalls lag ich da am Boden und hatte aber überhaupt keine Angst. Ich wartete einfach bis sich der Körper wieder regeneriert hatte und dann ging es wieder. Allerdings tut am rechten Fuß der Rist weh, den hat es mir umgebogen.

Heute ist der 23ste in der dritten Kalenderwoche. 23 mal 3 ist 69. Mein Jahrgang.

Geschlafen habe ich 3 Stunden 30. Ich denke auch, dass Gott darüber entscheidet. Dafür bin ich ihn dankbar.

Heute habe ich auch eine andere Abkürzung für Mund-Nasen-Schutz, kurz MNS gefunden. Mutter-Nicht-Sehen.

Ich mache es momentan so, dass ich einen Tag indoor bleibe und lerne, beobachte und lerne. Und jeden zweiten Tag outdoor wandern gehe und dort beobachte und lerne.

In den USA gab es ja diese Woche eine Präsidentenwechsel. Jetzt sind die Republikaner dran. Deren Parteifarbe ist Rot. Von den Demokraten ist Blau. Rot und Blau gemischt ist Violett. Das ist die Farbe der

Überparteilichkeit. Als Kind war ich ein Austria Wien, Fußball-Anhänger. Also war ich damals schon überparteilich. Wenn ich mich so zurück erinnere, dann war ich nie sonderlich für eine politische Partei, eher für Personen. Politik hat mich nie wirklich interessiert. Was vielleicht aus jetziger Sicht ein Fehler war.

Heute Nacht bin ich nach 2 Stunden aufgewacht und es ging mir kreislauftechnisch nicht gut. Ich konnte gerade noch aufs Klo gehen. Der gestrige Tag war dann doch etwas zu viel für mich. Auch der Zusammenbruch. Jedenfalls habe ich dann noch 2 Stunden weiter geschlafen. Der Fuß ist geschwollen und tut ganz schön weh. Trotzdem

habe ich heute einige Haushalts-
dinge erledigt.

Ich muss mich erst an die völlig
neue Situation gewöhnen. Es ist alles anders. Es fällt mir immer noch
sehr schwer, einfach nichts zu tun.
Da ist immer noch ein Drang da. Obwohl ich schon um vieles gelasse-
ner, entspannter und entschleunig-
ter bin. Das alte Ego macht mir aber
immer noch einen Strich durch die
Rechnung. Die „Ich bin"-Frage bekomme ich nicht weg. Wenn mir
zum Beispiel auf der Straße eine
Frau entgegen kommt und ich gerne
in Kontakt mit ihr treten möchte,
kommt als erster der Gedanke „Ich
bin...." Maschinenbau-Ing, Badener, neu hier, Lebensberater,....

Ich fand ja immer schon, dass die Frauen das stärkere Geschlecht sind. Sie haben eine Waffe, die ihresgleichen sucht. Sex. Männer wollen immer Sex haben und tun fast alles dafür. Damit spielen die Frauen.

Der Sonntag war immer schon schwierig. Besonders für Singles. Das ist halt der Tag des Herrn und der Familie.

Heute, 24.01.2021 ist also der 40ste Tag nach dem Sterben meines Vates. Irgendwie würde ich gerne zum Grab gehen und dann anschließend zu meiner Mutter. Aber mit dem ledierten Fuß ist das nicht möglich. Sonntag ist Ruhetag.

Gerade ist etwas Interessantes passiert. Heute früh habe ich eine große, weiße Muschel, die Jahrzehnte oben auf dem Küchenkasterl gelegen ist einfach so herunter geholt und auf den Esstisch gelegt. Hab mir nicht viel dabei gedacht, einfach so. Jetzt gerade war ich ein wenig verzweifelt und traurig und ging bei der Muschel vorbei. Da sah ich, da sie ganz schmutzig war. Also wusch ich sie und jetzt strahlt sie glänzend weiß. Im Radio hat es gerade irgendwas mit Maria gespielt, da fiel mir ein, dass ich ja gegen Ende letzten Jahres in Graz im Schloß Eggenberg war. Dort war eine Kapelle mit einer Marienstatue und ringsum waren vielen kleine Muscheln. Ich habe mich damals gefragt, warum das so ist. Jetzt habe ich eine schöne Erinnerung gehabt und es geht mir gleich wieder besser und ich bin im Flow. Die Muschel habe ich übrigens einmal von meiner Schwester bekommen.

Interessant finde ich, dass mir jeden Tag 100 Buchtitel spontan einfallen, aber die dann mit Inhalt zu füllen ist die Herausforderung.

Wenn ich denke, wo ich vor über 5 Jahren war und wo ich jetzt durch eigene Kraft bin, dann ist es kaum zu fassen. Am 28.05.2015 hatte ich den absoluten Tiefpunkt in meinem Leben. Totaler Zusammenbruch. Um 17 Uhr lag ich im Bett und nichts ging mehr. Weder physisch, noch psychisch. Game Over. Mit letzter

Kraft konnte ich noch ein Taxi rufen und in die Psychiatrie fahren.

Vorher hatte ich ein schweres Alkoholproblem. Ich war am Schluss schon so weit, dass ich in der Früh eine Flasche Wodka (kleines Wässerchen) gebraucht habe um überhaupt noch halbwegs zu funktionieren. Ich habe ihn gleich aus dem Viertelliterglas getrunken. Es hat mich am ganzen Körper so stark gerüttelt, dass ich die Hälfte vergossen habe, manchmal. Dann bin ich einfach so in die Stadt gefahren und habe mit weißen Spritzern so weiter gemacht. Es war nicht wirklich lustig, außer für die anderen vielleicht. Ich aber habe mich mit dem Alkohol total zerstört.

Geraucht habe ich zu dieser Zeit 4 Packungen, 80 Zigaretten täglich. Rund um die Uhr. Es war fürchterlich. Mit dem Rauchen habe ich am 19.01.2017 aufgehört. Seither dampfe ich mit diesen Dampfpfeiferln.

Mit dem Trinken angefangen habe ich eigentlich, weil ich ständig unter Angst litt. Angst, Angst, Angst.

Anfangs gab mit der Alkohol den Mut, doch im Laufe der Jahre drehte sich alles um und er nahm mir den Mut. Nicht nur den, sondern fast das Leben.

Zwischendurch ein Witz, den ich heute gehört habe. Er ist von Otto Waalkes und passt gerade sehr gut in meine Situation. Otto hatte 2

Goldfische, der eine hieß Einer, der andere Zwei. Das Gute daran ist, wenn Einer stirbt hat er immer noch 2. Früher hätte ich diesen Witz nicht verstanden.

Vor 2 Jahren habe ich dann zum Spielen begonnen. Slot-Maschine am PC. Ein volles Jahr lang. Das war eine extrem harte Zeit. Ich bin in der Nacht aufgestanden und habe gespielt, um Geld. Anfangs dachte ich, dass wenn ich mehr Geld hätte, ich von anderen (Mutter) unabhängig wäre. Das war allerdings ein Trugschluss. Ich spielte also jede Nacht. Bis es zur Sucht wurde und ich einfach nicht mehr anders konnte. Man kann sich vorstellen, wie das Leben so ist, wenn man 2-3 Stunden in der Nacht schläft und dann 6-7 Stunden spielt. Gottseidank habe ich keine Schulden gemacht. Es ist sich immer so ausgegangen, dass ich am Monatsende genauso viel Geld verspielt hatte, wie ich eingesetzt hatte. Also ein Nullsummenspiel und ziemlich sinnloses Vergnügen. Am Schluss ging es dann gar nicht mehr um Geld. Es war das Adrenalin. Der Kick. Was es allerdings mit dem Körper und er Psyche ausgemacht hat, ist unbeschreiblich. Ein ständiges Auf und Ab. Ich stellte den Computer schon so ein, dass es nur noch automatisch abläuft. Ich war nur noch Zuseher. Wahnsinn hoch drei. Gottseidank konnte ich nach einem Jahr aufhören. Es war irrsinnig belastend, vor allem da ich oft nicht wusste, ob mein Geld noch reicht um mir was zu essen zu kaufen. Es hatte auch nichts genützt, wenn ich mich bei einem Casino selbst sperren habe lassen, denn im Internet gibt es 1000 davon. Bei dem einem gesperrt, beim nächsten ein neues Konto eröffnet. Also Süchte habe ich jetzt hoffentlich schon alle durch. Lach.

Zur Alkoholsucht kam ja auch noch eine Medikamentensucht. Beruhigungsmittel. Ich habe 30 Jahre lang Psychopharmaka genommen. Wie ich jetzt darüber denke, sage ich lieber nicht.

Kommt Sucht von Suchen oder von Seuche? Gesucht habe ich stets Freiheit, Unabhängigkeit und Liebe. Gefunden habe ich jetzt Gott und er steht über dem Ganzen oder er ist das Ganze.

Weiter geht meine Reise. Heute, 25.01.2021 war ja der erste Tag nach den 40 Tagen vom Sterbetag meines Vaters. Ich hatte gut geschlafen, allerdings ist der Fuß ganz schön geschwollen am Rist. In der Früh hatte ich das Bedürfnis, mit einem Pfarrer zu reden. Beim Begräbnis habe ich kurz mit dem Pfarrer von Pfaffstätten geredet. Der erschien mir sehr sympathisch. Also schrieb ich ihm eine SMS. Dann haben wir telefoniert und er hatte zum Glück gleich um 10 Uhr Zeit. Also humpelte ich zur Kirche nach Pfaffstätten. Wir unterhielten uns lange. Es war ein sehr schönes und interessantes Gespräch. Ich hatte immer Angst davor, mit einem Pfarrer zu reden, bzw. das Gespräch zu suchen. Denn damals als ich noch trank und viel in den Lokalen umherirrte sprach ich auch des öfteren mit dem damaligen Stadtpfarrer. Aber da habe ich durch den Alkoholeinfluss nicht viel mit bekommen und mit Gott konnte ich damals noch nichts anfangen. Aber ich fand ihn immer sehr sympathisch. Was habe ich aus dem heutigen Gespräch mitgenommen? Das Jesus erst mit 30 Jahren getauft wurde wusste ich nicht. Und Gott gab ihn 4 Aufgaben mit. Die werde ich nochmals in der Bibel nachlesen. Dann gibt es das Buch Genesis, dass Gott den Mann als sein Abbild auf die Welt setze. Doch der schaute sich überall um und fand aber kein Glück. Das ist jetzt wirklich alles sehr sehr frei interpretiert von mir. Lach. Bzw. er fand nichts, was ihm ebenbürtig war. Deshalb riss Gott ihm eine Rippe heraus, unterhalb des Herzens und formte daraus die Frau. Dabei fällt mir ein, dass ich mit 30 eine Psychotherapeutin hatte, die gleich alt wie ich war. Bei ihr war ich 2 Jahre in Behandlung. Das Blöde war nur, dass ich mich in sie verliebt hatte. Das wäre ja noch nicht so schlimm gewesen, aber sie hatte sich auch in mich verliebt. Wir waren dann 1,5 Jahre zusammen und es war nicht wirklich schön für mich. Doch als sie dann die Beziehung beendet hat, ging die Hölle erst richtig los. Ich wusste überhaupt nicht mehr wo oben oder unten ist. Bin aber jeden Tag brav arbeiten gegangen. Ich konnte mich aber nicht ablenken. Viele sagen ja, dass man sich durch Arbeit ablenken kann. Rechtlich gesehen ist es ja verboten, dass ein Psychotherapeut mit einem Klienten eine Liebesbeziehung eingeht. Das ist das Gleiche wie Schüler und Lehrer. Die Psychologie hat dafür sogar eine Begriff: Übertragungsliebe. Wie auch immer, für mich war es die Hölle. Ein Jahr lang. Ich wollte sie wirklich schon anzeigen, dann sagte mir aber eine andere Psychiaterin, dass Rache nur ein kurzes Vergnügen ist. Also ließ ich es und suchte mir einen neuen Therapeuten. Diesmal eine Mann, damit das nicht noch einmal passiert. Und ich hatte Glück. In Mödling fand ich einen und ich spürte schon nach dem ersten Gespräch, dass er der Richtige ist. Den richtigen Psychotherapeuten zu finden ist keine leichte Aufgabe und kann mitunter Jahre dauern. Jedenfalls mit meinem verband mich dann eine lange Zeitspanne. Sicherlich 10 Jahre. Ich machte Einzeltherapie, Gruppentherapie, Familienaufstellung,...Alles natürlich aus eigener Tasche bezahlt. Dafür hätte ich mir ein Einfamilienhaus kaufen können. Aber okay, ich habe es gebraucht und es war so.

Zurück zu meinem heutigen Gespräch mit dem Geistlichen. Irgendwie bin jetzt auch viel schlauer, aber es tat gut mit jemanden über Gott zu reden. Ich habe ihn auch mein Buch übergeben. Am schönsten war am Schluss, als er mich gesegnet hat. Vorher musste ich noch weinen. Das musste ich in den letzten Wochen öfters. Alleine deshalb war die ganze Zeit vorher es wert, denn ich konnte nie weinen. Vor anderen schon gar nicht. Aber ich weiß jetzt, bzw. seit voriges Jahr, was es heißt Gefühle zu haben und sie auch zu zeigen. Das war Jahrzehnte lang ein einziges Wirr-Warr. Jetzt habe ich echte Gefühle. Und es ist gut so. Was ich noch verbessern möchte, bzw. welche Gefühle ich noch besser rauslassen möchte sind die Wutgefühle. Das ich jemanden einmal richtig anschreie. Das kann ich bis heute nicht. Andererseits, der

Dumme regt sich auf, der Weise versteht. Da fällt mir ein. Der Gescheite gibt nach, der Dumme fällt in den Bach. Das sehe ich jetzt auch ein bißchen anders. Wenn man den Bach als Lebensfluss sieht, kann man das auch anders interpretieren. Alles, bzw. jedes Bild interpretiert jeder anders. Deshalb sagen Bilder auch mehr als 1000 Worte. Auch ein Grund für die Corona-Masken-Pflicht. An der Mimik erkennt man mehr. Fällt es mir deshalb jetzt so schwer, die eigentlich bekannten Gesichter wieder zu erkennen? Deine Worte hörte ich wohl, nur kann ich ihnen keinen Glauben schenken.

Ein beliebtes Mittel in der Psycho-therapie ist ja der sogenannte Rohr-schach-Test. Da sind Bilder und der Klient erzählt dem Therapeuten was er sieht. Wenn man den Therapeu-ten sehr verwirren will, sagt man, dass man die Vagina seiner Mutter sieht. Fand ich immer ganz lustig und stammt aus der Fernseh-Serie Two and a half man. 2,5 wieder so eine magische Zahl. 2 und 5 ist 7. Wahnsinn, was mir jetzt erst alles bewusst wird. Ich sag ja, jeden Tag geht ein weiteres Lämpchen auf.

Ein interessantes Erlebnis hatte ich nach dem Gespräch mit dem Pa-ter. Beim Kindergarten dort standen hinter dem Zaun 2 kleine Mädchen. Sie lachten mich an und fragten mich, wie ich heiße. Überraschenderweise sagte ich nicht, wie sonst immer Basti sondern Sebastian. Ich wollte ihnen Duplo schenken, aber sie sagten, dass sie es nicht annehmen dürfen. Das akzeptierte ich. Aber statt der Schokolade hätte ich sie vielleicht fragen sollen, wie sie heißen und mit ihnen kurz plaudern können? Aber das bin ich nicht gewöhnt. Kinder waren immer schon eine eigene Sache. Trotzdem, wie man es macht, es ist nie richtig.

Am Grab von Oma und Papa war ich auch. Die rote Kerze, die ich vorgestern hingestellt und angezündet habe war abgebrannt. Ein Teil des roten Wachses lief aus der Lampe heraus. Ich habe mich gerade gefragt, welche Bedeutung das für mich hat und schaute bei Fenster hinaus und da flogen 2 Krähen vorbei. Wir fliegen jetzt gemeinsam.

Festzuhalten ist auch, dass meine Mutter heute eine neue Sicherheitstüre für die Wohnung bekommen hat. Was könnte das bedeuten? Am ersten Tag, nach den 40 Tagen vom Tod meines Vaters? Eine Tür geht zu, 7 weitere auf. Unkommentiert.

Jetzt habe ich mir gerade einen Vortrag über Selbstliebe angeschaut. Der Vortragende beschäftigt sich schon seit 30 Jahren damit. Und es ist die absolute Bestätigung für mich. Allerdings macht es das auch nicht leichter. Deshalb ist es momentan am besten für mich, mit möglichst wenigen Menschen zu reden, sondern auf mich zu schauen und einfach beobachten.

Ein Beispiel, warum es so schwierig ist, mit anderen darüber zu reden. In der Psychologie gibt es ja schon seit langer Zeit die Arbeit mit dem inneren Kind. Ich beschäftige mich auch schon lange damit. Jedenfalls, der Pfarrer gestern hörte zum ersten Mal davon. Dabei ist genau das der Grund, warum so viel Hass, Unfrieden, Süchte, Ängste, Krankenheiten und was weiß noch was auf der Welt besteht. Ich jedenfalls spüre ja am eigenen Körper und in der Seele, dass ich am richtigen Weg bin. Ich beobachte das ja auch in der Gesellschaft. Aber da kann man überhaupt niemanden einen Vorwurf machen, denn das ganze System besteht seit es den Menschen gibt. Deshalb beschäftige ich momentan mit dem Anfang aller Dinge. Für mich habe ich jedenfalls herausgefunden, dass mir der Glaube zu Gott sehr hilft. Auch Musik und die Natur.

Ich finde, das Leben ist wie ein Mosaik. Es ist eine Reise, bei der uns der Verstand am meisten im Weg steht. Wahrscheinlich hätte ich früher auch über so eine Aussage gelacht, aber jetzt finde ich es gar nicht mehr so lustig. Denn dadurch hätte ich mir und anderen viel Leid, Schmerz und sonstige nicht so angenehme Dinge erspart. Aber das gehört dazu. Es ist nun mal der

Weg. Das Leben findet auf dem Weg statt. Ein Ziel ist wichtig, aber nur um los zu starten. Selbstliebe hat übrigens absolut gar nichts mit Egoismus zu tun. Aber genau mit diesen Themen habe ich mich ein Leben lang beschäftigt und ehrlich gesagt will ich das nicht mehr. Bei mir ist jetzt die Komponente Gott hinzu gekommen und dafür bin ich sehr dankbar. Dankbar für jeden Tag. Jeder Tag ist ein Geschenk. Das schönste Geschenk das es gibt ist nun mal genau dieses Leben.

Mein letzter Psychiater hat ein Beispiel gebracht, als ich aus der Bahn geschmissen worden bin. Wenn man sich ein Atom vorstellt, besteht es ja aus dem Atomkern, wo positiv geladene Protonen und neutrale

Neutronen beheimatet sind und den außen herum kreisenden negativ geladenen Elektronen. So fühle ich mich gerade, nur mit dem Unterschied, dass ich erstens jetzt erst verstehe, was damit gemeint ist und zweitens ich jetzt Gott als Proton und mein Ego (Ich) als Neutron sehe und alle anderen draußen als negativ geladenen Individuen. Wäre ein weiteres Modell für die 3 Unbekannten. Lach.

Mittlerweile bin ich mir sicher, dass im inneren unseres Körpers das ganze Universum im Kern gespeichert ist. Stephen Hawkins hat ja ein Buch mit dem Titel „Das Universum in der Nussschale veröffentlicht". Ich habe es nicht gelesen, aber ich erlebe täglich ähnliche Phänomene.

Also, es wird noch sehr spannend. Ich muss nur aufpassen, dass ich es nicht übertreibe, denn vorhin nach dem Baden bin ich wieder ganz schön schwindelig gewesen. Das passiert mir jetzt öfters, was aber leicht erklärt ist. Wenn man zu lange in der heißen Badewanne mit den Beinen oben lagernd sitzt und dann schnell heraus steigt, dann passiert das eben. Also, aufpassen.

Ich hab auch gerade was über Hochsensibilität gelesen. Das diese Menschen eine hohe Begabung haben und immer wussten, nur können sie diese in der Berufswelt nur schwer einsetzen. Könnte auch zu treffen. Aber ich will mich da gar nicht so sehr auf Ursachenforschung konzentrieren, sondern einfach lernen, damit zurecht zu kommen und ein Leben zu führen, wie ich es mir gewünscht habe und wie ich es mir wünsche.

Jedenfalls, dass ich komplexe Zusammenhänge schnell erfassen kann, Thema Hochsensibilität stimmt.

Die Grenze zwischen Genie und Wahnsinn ist ja sehr fließend. Damals in Gugging war dort der Wahnsinn wohnend mit der Psychiatrie, heute ist dort eine Elite-Uni beheimatet. Tja, was sagt uns das?

Aber ich kann es drehen und wenden wie ich es will, manchmal ist alles so klar und logisch und dann bin ich wieder total verunsichert und ängstlich wie ein kleiner Schuljunge. So richtig angekommen ist die Freude über den neuen Zustand noch nicht. Ich brauche noch Zeit und die gebe ich mir. Das ist die größte Herausforderung.

Heute, 28.01.2021 habe ich wieder eine schöne Runde per pedes gedreht. Über den verschneiten Harterberg den Wr. Neustädter Kanal entlang bis nach Bad Vöslau und habe den wunderschönen Aufgang der Sonne bewundert. Das erfreut das Herz. Ich habe mich einfach führen lassen. Als ich bei der Tür rausging wusste ich nur die Richtung. Und ich wurde nicht enttäuscht. Es war wunderschön. Beim Bäcker habe ich mir ein Frühstück gekauft und dann im Schlosspark verzehrt. Gesprochen habe ich mit niemanden. Wobei niemanden nicht ganz stimmt. Fotos habe ich auch wieder einige gemacht. Das macht mir großen Spaß. Vielleicht wäre das ein Jobperspektive. Zurück bin ich dann über die Weingärten nach Sooß. Beim Kriegerdenkmal bin ich verweilt und habe entdeckt, dass dort 7 Föhren stehen. Hätte mich auch verwundert, wenn es nicht genau diese Anzahl wäre. 5 Stunden war ich unterwegs. Wenn ich draußen in der Natur bin geht es mir am besten. Gehen, gehen, gehen. Ich denke, dass ich sicher einmal eine Pilgerreise machten werde. Aber jetzt in der Corona-Krise ist es nicht leicht, einen Schlafplatz zu finden.

Gestern ich es mir tagsüber nicht gut gegangen. Dann bin raus auf den Harterberg zum Fieberkreuz. Da ist ein Denkmal für die gefallen Helden des Weinhauerstandes. Dort ging es mir gleich besser und ich bewunderte den Sonnenuntergang. Beim Heimgehen sah ich den prächtigen Vollmond. Ich glaube, das habe ich auch noch nie erlebt, dass ich an einem Abend gesehen habe, dass die Sonne im Westen untergeht und der Mond im Osten aufgeht. Es war phantastisch. Ein besonderes Ereignis.

Die Schwellung am Fuß ist übrigens wieder gut.

Als ich heute so im Schlosspark saß und vor mir am großen Baum junge Krähen ganz vergnügt und wild herum flogen, dachte ich mir, dass jetzt die neue Generation da ist. Eine alte, dicke Krähe saß auch auf den Weg vor mir.

Wenn ich so auf der Bank sitze ist es mir immer noch ein Rätsel, warum ich die eine Frau oder den anderen Mann grüße und bei anderen einfach so vorbei gehe. Dabei hat das nichts mit dem Äußeren zu tun. Eher mit der Stimme und mit dem Gehabe.

Eine Tafel im Wald übers Waldsterben habe ich mir auch genauer angeschaut. Da gibt es einerseits die Verursacher, die die Emissionen aussenden und andererseits die Betroffenen, die die Immissionen aufnehmen. Einerseits sind das die

Fabriken, Verkehr,....und ander-
seits die Geschädigten ist der Wald,
bzw. die Natur oder alles Natürliche.
Von der Emission geht es in den
Himmel, durch die Wolken und im-
mitiert dann wieder auf die Erde.
Also, ich könnte mir aus meiner jet-
zigen Situation gut vorstellen, dass
da in den Wolken Gott alles reinigt.
Naja, ein bißchen naiv. Aber wenn
man das auf die Energiearbeit um-
setzt könnte es schon irgendwie zu-
treffen.

Der Energieerhaltungssatz sagt
ja, dass Energie niemals verloren
gehen kann sondern nur von einer
auf die andere übergeht. Beispielsweise die potentielle (ruhende) in
die kinetische (bewegte) Energie.
So haben wir das in Physik gelernt.

Physik ist ja die Lehre von den festen Körpern und deren Bewegungen. Wobei fest ja nicht ganz stimmt, da ja alle Körper schwingen. Wenn ein Körper mit seiner Eigenfrequenz beschwingt (in diesem Zusammenhang ein lustiges Wort) wird, dann gerät er in Resonanz und er bewegt sich. Wir haben einmal in der Schule in Physik einen Film über eine Brücke in England gesehen, wo der Wind die Brücke in Resonanz gebracht hat, die dann wirklich ganz stark zu schwingen begonnen hat und dann eingestürzt ist. Es war beeindruckend. Genauso verhält es sich, wenn wir Musik hören. Also nicht, dass wir zu Einsturz kommen, sondern dass etwas in uns zu schwingen beginnt. Es ist mir nie aufgefallen, aber seit ein paar Monaten merke ich es ganz deutlich. Ich muss dann tanzen oder irgendwelche Bewegungen machen. Ich denke dann an mein inneres Kind und es tut sich was. Genauso ist es wichtig, darauf zu achten und sich selbst zu beobachten, wenn man ein Musikstück hört, wo man hinschaut und worauf man achtet. Damit kann man viel bewirken. Also nicht einfach nur hören, sondern auch innerlich schauen.

Am Donnerstag geht es mir immer am besten, aber warum habe ich noch nicht herausgefunden. Thursday. Sirs-Day. Könnte es daran liegen. Allerdings finden an diesem Tag am Abend auch immer die Girlie-Runden oder Frauenabende statt. Naja, jetzt weiß ich auch warum. Lach. Ich fühle mich heute wie ein Sir, deshalb haue ich mir dann ein Steak in die Pfanne. Von den Frauen halte ich momentan sowieso Abstand.

Seit Gmunden ist mir aufgefallen, dass ich oft gleiche Gesichter bei den Menschen sehe. Heute wieder, da war ein Postler, der aussah, wie jemand den ich kenne, der aber nicht bei der Post ist. Deshalb fällt es mir derzeit mit anderen Menschen sehr schwer, da ich zwar das Gesicht kenne oder es mir bekannt vorkommt, aber wer das ist oder woher ich den oder die kenne weiß ich nicht. Das ist ganz schön verwirrend.

Zur „Ich bin-„-Frage ist mir heute noch eingefallen, dass ich sie immer mit einem Beruf beantwortet habe. Mir war stets am liebsten, wenn ich mir dachte, Ich bin ein Mensch. Aber das ist das Ego. Worüber wir uns definieren. Ich möchte dieses Ego aber loswerden. Mit Liebe geht es. Aber es funktioniert nicht immer. Mit Selbstliebe wohlgemerkt. Vergesst meinen Namen, vergesst wer ich bin ist ein Songtitel der gerade im Radio und auch oft in meinem Kopf läuft. Ich bin der, der ich bin. Punkt.

Ich denke, dass es vielleicht besser wäre es so zu formulieren bzw. dieses Ich bin- mit einer Eigenschaft oder Gefühl zu verbinden. Ich bin lustig, ich bin traurig, ich bin wütend,….

Dass ich oft denke, dass ich in einem Film wäre bzw. das es mir gefällt, Schauspieler zu sein ist auch oft eine Schutzfunktion. Besonders draußen.

Vorhin, 29.01.2021 war ich am Grab meines Vaters und von Oma. Ein bißchen verunsichert war ich, da ja noch keine Platte drauf ist und sich die Erde gesenkt hat.

Dann war ich noch bei meiner Mutter. Aber es hat sich nichts geändert. Sie ist immer noch die Gleiche, wie sie immer war. Sie erzählte mir wieder, dass sie im Fernsehen gesehen hat, dass wieder irgendwo Menschen gekündigt worden sind und wie arm sie doch sind, weil sie keine Arbeit haben. Die anderen und seien sie nur im Fernsehen waren immer wichtig als ich. Ich habe dann immer ein schlechtes Gewissen bekommen, ich ja keine Arbeit habe. Aber was soll's, das ist Vergangenheit. Sie ist ebenso, wie sie ist und ich habe mich verändert. Punkt. Jedenfalls hat sie einen Brief bekommen von einer Frau die meinen Vater aus der Römertherme kennt. Sie schreibt, dass es durchaus möglich ist, dass beim Tod eines Nahestehenden es zu unerklärlichen Phänomen kommen kann. Meine Mutter glaubt nicht daran, obwohl sie an Gott glaubt. Ich allerdings schon, wenn ich denke, was ich die letzten Wochen erlebt habe. Aber ich sehe das Ganze als positive Unterstützung von Gott und bin sehr dankbar dafür. Allerdings hat das bei mir schon vor dem Tod meines Vaters begonnen.

Auf einen Haus habe ich heute einen schönen Spruch gelesen und alleine deshalb war es schon wert, dass ich draußen war. Er lautet: Eine Veränderung, wo sich nichts bessert ist eine Verschlechterung. Ich bereue es jedenfalls nicht, dass ich voriges Jahr beschlossen habe, mein Leben zu ändern. Es war ein sehr steiniger Weg bisher, aber ich hatte keine andere Wahl und jetzt bin ich froh darüber. Aber das war erst der Anfang.

Der Jänner heißt auf irgendeiner Sprache, ich denke es ist italienisch oder spanisch, Enero. Ich definiere es so, dass es Erneuerung heißt. Ist für mich am meisten stimmig.

Was heute auch interessant war, dass mir heute um 15 Uhr das Glaubensbekenntnis der katholischen Kirche eingefallen ist. Daran habe ich überhaupt nicht mehr gedacht. Plötzlich war es da. An einen Freitag um 15 Uhr, es war Karfreitag ist ja Jesus am Kreuz gestorben. Deshalb habe ich heute an ihn denken müssen.

Ob ich das ganze Glaubensbekenntnis noch zusammen bringe weiß ich nicht, aber es geht ungefähr so. – Ich glaube an den heiligen Geist, die heilige katholische Kirche, Gemeinschaft der Heiligen, Auferstehung der Toten, Jesus Christus seinen Sohn, er sitzet zur rechten

Gottes, von dort wird er kommen zu richten die Bösen, jetzt und in alle Ewigkeit. Amen.

Ob das wirklich so stimmt, also ob ich mich an den Text richtig erinnert habe, weiß ich nicht. Aber es ist interessant, dass mir das heute eingefallen ist. Punkt.

Heute habe ich vom Grab Fotos gemacht. Als ich sie mir vorhin angeschaut habe, war ich erstaunt, bzw. erstaunt mich schon bald nichts mehr. Lach. Aber die Uhrzeit war genau 03:30:30, ohne dass ich allerdings auf die Uhr geschaut hätte.

Aja, meine Mutter hat mir eine Anstecknadel aus meiner Kindheit mitgegeben. Es sind 2 goldene Schi (ca. 7 cm lang), die ich bekommen habe, als ich das Schirennen vom Schulskikurs in der Hauptschule (1. Gruppe) gewonnen habe. Es darauf das Datum eingeprägt. Es war also 1981. Da war ich 12 Jahre alt. Ich bin mir nicht mehr sicher, aber ich denke, das war in Lackenhof am Ötscher. An etwas von damals kann ich mich allerdings sehr gut erinnern. Ich hatte meinen ersten Kuss mit einem Mädchen. Es war eine Katastrophe. Lach. Es war ein Stockbett und wir saßen unten und ich war so stürmisch und natürlich absolut unerfahren, dass sie sich gleich den Kopf hinten an der Wand anschlug. Jetzt im Nachhinein war es lustig. Ich denke, solche Momente vergisst man sein Leben lang nicht. Genau, wie der erste Sex. Da weiß ich sogar noch das Datum. Es war der Tag meiner mündlichen Matura. 1988. Wann genau müsste ich am Maturazeugnis nachschauen. Jedenfalls war sie eine Salzburger Schilehrerin. Es passierte im ersten Stock einer Konditorei in Baden. Sie war die Enkelin von der Besitzerin der Konditorei. Momentan kommt es mir so vor, wie wenn es gestern gewesen wäre. Jedenfalls war ich von der Maturafeier so angesoffen, dass ich mich getraut hatte. Sie hat mir den ganzen Rücken zerkratzt. Was besonders peinlich war, da ich am nächsten Tag auf Maturareise nach Mallorca flog und man dort am Strand die Spuren der Liebesnacht sehen konnte. Ich habe schöne Erinnerungen an diese Reise. Das war damals sowieso die schönste Zeit meines bisherigen Lebens. So von 16-18. Ich sage immer Mopedzeit dazu.

Jedenfalls in Mallorca wurde natürlich sehr viel Alkohol getrunken. Unser Lieblingsgetränk war Lumbumba. Ein Kakao mit Rum. Garantiertes Speibemittel. Im Radio hat es Yeki Yeki von Morikante gespielt. Eines Tages saß ich am Balkon und hörte mir über den Walkman Sunday Bloody Sunday von U2 an. Es wurde mir von einem Schulkollegen empfohlen. Von da an war U2 lange Zeit mein Begleiter in guten wie in schlechten Zeiten. Bono Vox ist nach wie vor mein absolutes Vorbild. Seit einiger Zeit höre ich wieder viel von U2. Nur jetzt habe ich einmal statt Sunday Bloody Sunday, Sunday Proudly Sunday verstanden. Proudly heißt Stolz auf Deutsch. Der Refrain im Lied heißt ja unter anderem: How long, how long must wie sind this song?

Also für mich bedeutet das jetzt wieder, dass ich absolut stolz auf mich sein kann und was ich geschafft habe. Denn jetzt habe ich den Song verstanden.

Jetzt habe ich mir gerade das Maturazeugnis heraus gesucht, weil es mich interessiert hat, welches Datum es genau war. Es war der 18.06.1988. Heuer ist es also 53 Jahre her. Ziffernsumme von 53 ist die 8. Eine Menge Achter. Acht die Zahl für Unendlichkeit.

Ich weiß noch, dass ich sehr oft einen immer wiederkehrenden Traum mein Leben lang hatte. Nämlich, dass ich die Matura nochmal mache. Matura ist gleich Reifeprüfung. Es wird immer spannender.

Eigentlich wollte ich damals ja studieren gehen, aber unser Klassenvorstand hat gesagt, dass sich das finanziell nicht auszahlt. Wenn man rechnet, wie lange man studiert und was man dann verdient und die Jahre und Blablabla. Jetzt bin ich gescheiter und ich würde jedem raten, das zu studieren, was einen wirklich interessiert und nicht wo man einen sicheren Job bekommt oder am meisten verdient.

Mit 35 habe ich dann ja Psychologie studiert. Allerdings nicht lange. Es gab da eine sogenannte Ringvorlesungsprüfung. Das ist so eine Art Einstiegstest. Ich hatte mich wirklich gründlich, lange und intensiv darauf vorbereitet und dann bei der Prüfung, ein großer Saal, hunderte Studenten, der Zettel mit den Prüfungsfragen vor mir und plötzlich war alles weg. Ich hatte ein Blackout. Eine absolute Leere im Kopf. Im Nachhinein betrachtet war es wahrscheinlich gut so und hatte seinen Sinn.

Jetzt ich gerade gedacht, dass es Gott gefallen hat, dass ich heute bei meiner Mutter war und als Zeichen ist ein Blatt von meinem Bonsai-

Baum abgefallen und es war 22:07 Uhr.

Morgen würde ich gerne wieder outdoor eine Wanderung unternehmen. Würde deshalb, weil wenn Du Gott zum Lachen bringen willst, dann erzähl ihn von Deinen Plänen. Lach.

Heute, 30.01.2021 war ein sehr herausfordender Tag. In der Früh ging es mir total gut und ich wollte ja unbedingt eine Wanderung unternehmen. Das Wetter passte auch, obwohl mir das absolut egal ist. Wenn ich raus will, dann gehe ich einfach. Außer, wenn es ganz stark regnet.

Jedenfalls überlegte ich in der Früh in welche Richtung ich gehen könnte. Da sah ich beim Fenster hinaus und da ist der Anninger mit der Runkfunkstation am Gipfel. Ich dachte mir, sooft habe ich sie schon gesehen, aber dort war noch nie. Bzw. vielleicht einmal in der Kindheit. Also, hatte ich für heute schon ein Ziel. Dann kam es anders. Das mit dem Planen ist wirklich keine gute Sache. Immer wenn ich mit mir selbst etwas ausmache, gerate ich unter Druck. Wenn ich mir selbst etwas verspreche, ist es ganz schwer, dass ich das umwerfe und etwas anderes mache.

Ich ging dann los, aber mit keinem guten Gefühl und mit wenig Power. Ich glaube, der Besuch gestern bei meiner Mutter hat mir nicht gut getan. Ich hatte wieder den Kopf nicht frei und war dadurch blockiert. In der Einöde setzte ich mich auf eine Bank und überlegte, wie es weiter gehen soll. Da ging es mit überhaupt nicht gut. Menschen sind derzeit mein größtes Problem. Die irritieren mich gewaltig. Ich war mein Leben lang ein Menschenfreund und glaubte immer an das Gute in jedem. Aber das hat sich geändert. Am liebsten ist mir, wenn ich meine Ruhe habe. Doch dann kommt wieder mein altes Ego raus und ich würde mich doch gern unterhalten und Spaß haben. Das ist momentan aber sehr sehr schwierig. Deshalb verhalte ich mich ruhig. Es fällt mir deshalb schwer, weil ich einfach nicht weiß, wer mich vielleicht von früher kennt oder so. Ich bin nicht mehr der alkoholkranke Psycho und Spaßvogel wie früher. Aber egal, es ist wie es ist.

Ich bin dann den Berg hinauf mit großer Mühe und Gottes Hilfe. Spaß hatte ich dabei überhaupt keinen, aber umdrehen wollte ich auch nicht. Ich weiß ja mittlerweile, dass es bis 12 Uhr mittags sehr anstrengend für mich ist. Irgendwie bin dann raufgekommen. Aber die Sendestation habe ich nicht gefunden, statt dessen ein schönes Materl im Wald mit einer Bank. Also, eine andere Sendestation. Lach. Dort rastete ich. Dann wurde es 12 Uhr und es wurde leichter. Beim runter gehen nach Gumpoldskirchen fand ich eine schöne Lichtung wo man weit in die Landschaft blicken kann. Dort fühlte ich mich wohl. Es waren auch nicht viele Menschen unterwegs. Ich dachte mir, schön wäre jetzt, wenn es da eine Bank gäbe, aber da war keine. Also drehte ich um und ging weg und plötzlich war da eine Raststation mit Tisch und Bank.

Beim Weitergehen traf ich dann auf eine jüngere Frau, ein bißchen ausgeflippt mit einen Hund. Eigentlich traf ich zuerst auf den Hund, einen Bobtail-Mischling aber kleiner als ein Bobtail. Er, bzw. wie ich später erfahren habe, sie, war ganz lieb und ich streichelte sie. Der Name war übrigens Marie. Zufall? Dann kam schon die Frau und sagte, na da freut sie sich aber, wenn sie gestreichelt wird und fing schon an zum Erzählen. Gottseidank war hinter ihr am Feld gerade ein Hase unterwegs, der mich mehr interessierte, also unterbrach das Gespräch und verabschiedete mich. Gespräch ist gut, es war ein Monolog ihrerseits.

Beim Heimgehen ging ich noch Lebensmittel einkaufen. Daheim fühlte ich mich dann wohler. Das war so gar nicht mein Tag. Ich muss wieder mehr darauf achten, ob ich outdoor oder indoor bin. Aber was soll ich tun. Ich bin nun mal gern im Wald unterwegs und da trifft man eben auf Menschen. In Gmunden ist mir das wesentlich leichter gefallen und es hat viel mehr Spaß gemacht. Da ist es ganz anders.

Es ist besser, wenn ich jetzt mehr schreibe als spreche. Obwohl ich gerne mit jemanden reden würde, aber ich habe kein Vertrauen mehr in die Menschen. Hassen kann ich sie aber auch nicht. Aber ich spreche viel mit Gott, bzw. mit dem Kreuz an der Wand. Das funktioniert sehr gut. Am liebsten bedanke ich mich bei Gott, dass er mir mich aus meinem Sumpf raus geholt hat und mich ständig begleitet und für mich da ist. Danke, danke, danke. In der Bibel habe ich heute 2 Stunden gelesen. Es ist spannend, wenn ich auch noch nicht alles verstehe, aber es bringt mich auf andere Gedanken. Danke.

Unterwegs war ich heute übrigens 6 Stunden, auch wenn es nicht so flüssig lief. Aber solche Tage darf es auch geben. Es ist ok, auch wenn es nicht ok ist. Kein Entweder oder, sondern ein sowohl als auch.

Heute ist Sonntag, 31.01.2021 und ich habe 5 Stunden gut geschlafen. In der Früh dachte ich mir, eigentlich würde ich mir gerne einmal einen Gottesdienst in der Kirche anschauen. Heute ist ja Tag des Herrn. In 6 Tagen hat er die Welt erschaffen, aber am 7. Tag soll man ruhen. Da ja wegen der Corona-Krise in der Kirche kein Publikum zugelassen ist, habe ich mir via YouTube einen Gottesdienst aus Wels angeschaut. Es hat mich sehr bewegt und berührt. Als das Vater Unser gesungen wurde musste ich an meinen Vater denken und begann zu weinen. Ich fühle mich heute wie komplett gereinigt und neu geboren. So frisch und sauber. Ich spüre ganz genau, dass ich auf dem richtigen Weg bin. Ich habe meinen Glauben zu Gott gefunden, den zu den Menschen allerdings größtenteils verloren. Alle sagen immer, dass vor Gott alle Menschen gleich sind und trotzdem jeder verschieden. Das allerdings in die Praxis, Realität umzusetzen ist eine Herausforderung. Jedenfalls weiß ich jetzt auch, dass ich anscheinend von einem Dämon besetzt war. Die Menschen suchen immer, was ihnen fehlt. Sie irren herum, tun alles Mögliche um irgendwas zu erreichen. Sie suchen, suchen und suchen. Finden werden sie allerdings immer Gott. Egal wo. Und Gott ist überall, bzw. in einem selbst. Das Gute liegt so nah. Lach. So ging es mir zumindest.

Sehr interessant ist ja und darüber möchte ich einmal ein eigenes Buch schreiben, was alles möglich ist, wenn man einfach seinem Instinkt folgt und sich von Gott leiten lässt.

Angefangen hat das Ganze bei mir mit Achtsamkeitstraining. Dazu eine kurze Geschichte. Ein Mann kam einmal zu einem Weisen und fragte ihn, wie er es macht, dass er so gelassen durch die Welt geht. Er sagte, wenn ich sitze sitze ich, wenn ich gehe gehe ich und wenn ich liege liege ich und wenn ich stehe

stehe ich. Da sagte der Mann, das mache ich doch auch. Darauf sagte der Weise. Das glaube ich Dir nicht. Wenn Du sitzt, dann gehst Du, wenn Du liegst, dann stehst Du, usw.

Darauf ist Achtsamkeitstraining aufgebaut. Mittlerweise ist das ja zu einem Mega-Trend geworden. Einfach seine Sinne schärfen für das Wesentliche.

Ich habe damit angefangen, dass ich mich irgendwo hin gesetzt habe, die Augen geschlossen habe und mir vorgesagt: Ich sitze hier, vollkommen wertfrei, ohne Absicht, voller Vertrauen. Das habe ich überall gemacht, Tag für Tag, Monat für Monat, zeitweise heute noch. Es hat mich einfach gestört, warum die

Menschen so intolerant, unfair, wertend waren. Mich selbst nicht ausgenommen. Das wollte ich ändern. Es ist ja so, egal was man sagt, man wird sofort bewertet. Gut oder schlecht, lustig oder traurig, schwarz oder weiß. Das wollte ich erforschen. Allerdings kam es dann eines Tages so weit, dass ich wirklich wertfrei war. Dann wollte ich wieder rausfinden, was mir wichtig ist und für mich Wert hat.

So richtig losgegangen ist dann als ich wieder in meiner Wohnung in Baden war. Anfangs beobachtete ich, warum ich mich so schwer entscheiden kann. Bumm, der ganze Prozeß ist nicht leicht zu erklären. Ich wollte weg von diesem Schwarz-Weiß denken hin zu bunt. Jedenfalls probierte ich, Gegenstände in der Wohnung so aufzustellen, dass es für mich stimmig ist. Irgendwann, so gegen Weihnachten hatte ich dann beispielsweise einen kleinen Altar mit einem Buddha und Weingläsern rund herum. So wurde jeden Tag alles neu gestaltet, bis es wirklich stimmig wurde. Das mache ich heute noch, dass ich irgendwelche Gegenstände umstelle, wegräume oder neue dazu gekommen. Erst heute ist der Buddha vom Regal in den Kasten gekommen. Oder Bilder neu aufgehängt. Mit Licht habe ich auch viel herum experimentiert. Wenn ich denke, ich habe früher kaum Tee getrunken. Jetzt habe ich im Kasten gut 10 verschiedene Tees und wähle einfach spontan den aus, der im Moment (unbewusst) zu mir passt. Auf einmal stand die Gitarre heraussen oder alle Schränke waren aufgeräumt. Einfach so, wie von Geisterhand. Das alles kostet nicht viel Geld und macht mir zumindest Spaß. Anfangs war es extrem anstrengend und stressig, mittlerweile verändere ich nur noch kleinere Dinge.

Interessant ist auch die Ernährung. Auch da höre ich auf meinen Instinkt. Das fängt schon beim Einkaufen an. Ohne Liste einfach so alles rein in den Wagen, was ich gerade sehe und ich einmal ausprobieren möchte, weil ich es noch nicht kenne. Es ist dann immer alles daheim. Es wird einfach so gekocht oder neue Speisen ausprobiert. Total bunt gemischt und worauf ich gerade Lust habe. Da werden jetzt viele sagen, naja das mache ich ja auch, das ist ja ganz normal. Für mich allerdings nicht, wenn man bedenkt, dass ich mich vor einem Jahr selbst nicht wirklich gut ernähren hätte können. Auch kochen konnte ich nicht. Ich hatte meinen Kühlschrank jahrelang einfach nicht eingeschaltet, weil ich ihn nicht gebraucht hatte. Den einzigen Sinn was die Küche gemacht hat, war die Kaffee-Maschine. Ich hatte auch überhaupt keine Lebensmittel daheim.

Den Fernseher habe ich vor ca. 5 Jahren weg gegeben. Aus folgenden 3 Gründen. Früher hatte ich viel ferngesehen und ich war schon regelrecht süchtig danach. Wenn da ein Strom- oder Sendeausfall war, dachte ich wirklich, so jetzt ist mein Leben vorbei. So große Angst hatte ich. Der zweite Grund war, dass ich mir das Leben in Echt anschauen wollte. So den dritten Grund habe ich jetzt vergessen. Macht nix. Lach.

Es ist egal, ob das Glas halb voll oder halb leer ist. Hauptsache der Behälter ist schön.

Heute, 02.02.2021, Dienstag war ein ziemlich herausfordernder Tag. In der Früh wollte ich eigentlich eine große Wanderung unternehmen. Aber dann dachte ich, dass ich Resi auch wieder einmal anrufen könnte. Bzw. ich hatte solche Sehnsucht wieder in Gmunden sein zu können.

Diese Sehnsucht macht mich krank. Ich fühle mich hier nicht mehr so richtig wohl. Alles ist anders, alles hat sich geändert. Ich habe mich geändert. Mir ist alles so fremd. Resi sagte, ich soll noch bis Montag durchhalten, bis dahin ist der Lockdown. Voraussichtlich, denn das ändert sich täglich. Andererseits, es ist mein Leben und ich könnte jederzeit irgendwo hinfahren, aber das traue ich mich nicht mehr. Ich kämpfe jeden Tag aufs Neue. Aber ich gebe nicht auf. Das wäre schade. Mit Gottes Hilfe werde ich es schaffen.

Am Nachmittag hatte ich dann gottseidank so viel Kraft, dass ich zum Grab meines Vaters und Oma gehen konnte. Unten am Eck, wo einmal eine Traffik war ist jetzt ein

Blumengeschäft. Ich ging hinein und kaufte eine weiße Rose fürs Grab. Es ist schön, dass dort jetzt ein Blumengeschäft ist. Das freut mich. Wenn ich denke, wieviel Geld ich dem Traffikanten dort gelassen habe, würde das Gebäude wahrscheinlich schon mir gehören. Früher, als ich noch rauchte, war es oft ganz schlimm. Eine zeitlang wachte ich in der Nacht auf und hatte keine Zigaretten und bin extra wegen den blöden Stingeln dorthin gefahren.

Ich legte die Rose aufs Grab, zündete eine Kerze an und betete. Heute ist Maria Lichtmess. Das heißt, die Weihnachtszeit ist vorüber. Genau 40 Tage nach dem 24. Laut Bibel haben Maria und Josef ihren Sohn Jesus 40 Tage im Tempel zur Begutachtung gelassen. Da waren auch 2 ältere Herrschaften. Am heutigen Tage ist das Baby frei.

Am Friedhof setzte ich mich auf eine Bank und genoss die Stille. Es war wirklich schön dort. Nur das Vogelzwitschern war zu hören.

Dann entschloss ich mich zum Pater zu gehen. Er ist der einzige mit dem ich momentan reden will. Er macht mir Mut und es ist sehr interessant, was er erzählt. Mein Buch fand er übrigens erfrischend. Er meinte, es ist so geschrieben, wie wenn ich es ihm persönlich erzählt hätte. Wir sprachen auch über die „Ich bin"-Frage. In der Bibel ist es so, dass Jesus es sieben Mal gesagt hat. Die Juden sagen es überhaupt nicht gern bis gar nicht. Mein Ziel war es immer, dass ich das auch tue. „Ich bin" hat mit dem Ego zu tun. Ego wird nur durch Liebe gelöscht. Ich bin der, der ich bin. So einfach ist es. Punkt. Der Pater sagte mir auch, wenn ich jemanden grüße und nicht seinen Vornamen sage, dann ist mir dieser Mensch auch nicht wichtig, nebensächlich. Das war in der Vergangenheit auch ein großer Makel bei mir. Bei mir haben alle Schatzi geheißen. Damals fand ich das lustig, jetzt bin ich gescheiter.

Ein wichtiges Thema habe ich heute auch herausgefunden. Nämlich Sex, bzw. Selbstbefriedigung.

Das ist es, was mich immer so verrückt gemacht hat. Aber das ist ganz normal, so geht es jedem Mann und wahrscheinlich auch jeder Frau weltweit. Deshalb habe ich mich aufgeopfert und wollte immer nur Freundschaft, bzw. ich wollte Sex auch. Jedenfalls mit dem Thema Frauen und Sex und Selbstbefriedigung sollte ich mich noch besser beschäftigen. Denn ich merke, wenn ich mich jetzt selbstbefriedigt habe, dann sind meine Gedanken auch schlagartig anders.

Heute, 03.02.2021 war ein Spitzen-Tag. Ich ging gleich in der Früh außer Haus Richtung Harterberg. Da kam ich beim Stadtfriedhof vorbei.

Dachte ich mir, könnte ich ja das Grab von meinem Onkel Hans, meinem Vorbild in der Jugendzeit besuchen. Seit mein Vater gestorben ist, gehe ich gern auf Friedhöfe. Die ganze Zeit vorher nur wenn ein Begräbnis war. Jedenfalls war ich beim Grab von Monika, der Frau meines Cousins Harald. Sie ist mit 47 Jahren an Krebs gestorben. Ich hatte sie sehr gern. Gleich daneben im Grab liegen die Eltern vom Onkel Hans. Sein Grab habe ich allerdings nicht gefunden. Aber viele andere. Sehr bekannte Badener fand ich dort. Ich habe mich auch auf eine Bank gesetzt und das Ganze auf mich wirken lassen.

Dann bin ich weiter gegangen am Harterberg bis Höhe Sooß und dann den Radweg wieder zurück. War ein schöner Ausflug. Ich finde immer wieder neue Stellen, die ich nicht kannte. Beispielsweise die großen Felder vor Sooß.

Gedichte habe ich auch wieder geschrieben. Also, besser gesagt, von ihm durch mich. Heute sind wieder einige magische Dinge passiert. Beispielsweise, hat mir am Abend Tante Susi, sie hat morgen Geburtstag, eine Nachricht geschrieben, dass man am Abend dankbar sein soll. Es ist zwar so ein Vordruck, bzw. Massenmail, den ich früher überhaupt keine Aufmerksamkeit geschenkt hätte, aber heute genau wo ich das Grab von ihrem Mann gesucht habe, kam die Nachricht.

Ich habe mich in Gedanken mit Onkel Hans unterhalten und er schickte mir diese Nachricht. Da musste ich schmunzeln und ich freute mich. Das wäre doch auch eine Jobperspektive, Medium. Aber das traue ich mir nicht zu, obwohl ich es mittlerweile kann, mich mit Gott unterhalten. Aber über die Zukunft frage ich ihn nicht. Und für andere, die Verantwortung übernehmen will ich nicht. Jedenfalls macht es mir großen Spaß hier beim PC zu sitzen und zu schreiben. Gedichte, Geschichten oder sonst noch was.

Heute hatte ich draußen überhaupt nicht das Gefühl, dass ich gefilmt werde oder sowas. Ich habe wieder viele Fotos gemacht. Ich denke in diese Richtung werde ich beruflich gehen. Anders geht es momentan auch gar nicht mehr. Kreativ sein. Künstler. Das scheitert bei mir aber daran, dass ich zwar weiß, dass ich kreativ einiges drauf habe, aber ich traue mich noch nicht, es der Öffentlichkeit zu präsentieren. Ich würde einen Manager brauchen, der sich um alles rund herum kümmert. Im Verkaufen bin ich ganz schlecht.

Auch heute habe ich mit niemanden geredet. Ist aber auch ganz recht so. Wenn ich mir so anschaue, welche Menschen da draußen so rumlaufen, dann kann ich momentan gut sagen, dass ich sie nicht mag, fast schon hasse. Und das ist auch legitim.

Interessant ist, dass wenn niemand dabei ist, was alles in mir steckt und was ich alles kann. Sobald jemand anderer dabei ist, werde ich nervös und es wird schwierig.

Heute habe ich gehört, dass es in Afrika ein Dorf gibt, wo das Volk erst nüchtern über ein Thema diskutiert und dann voll betrunken und dann erst abgestimmt wird. Darüber muss ich noch nachdenken, was damit gemeint ist.

Stille Wasser sind tief. Den Sinn dahinter habe ich jetzt auch verstanden, wenn ich da sitze und innerlich ruhig bin und nur das Wasser vom Brunnen plätschert und ich in mich, die Tiefe, hinein höre.

Am Friedhof stand unter einem Denkmal: Christus ist das Leben, sterben der Gewinn.

Finde ich sehr zutreffend.

Am Abend habe ich mir Steak mit Gemüse und Kartoffel gekocht. Mir war keine Sekunde fad und ich bin seit 4 auf. So kann es auch sein. Im Gegenteil, mir fallen tausend Dinge ein, die ich noch machen könnte. Aber wollen wir nicht übertreiben. Das Wichtigste ist, einfach los zu lassen und auf Gott und sich selbst zu vertrauen. Ja zum Leben sagen.

Das gestrige Evangelium war sehr interessant. Da ging es um den Propheten, der im eigenen Land und bei der eigenen Familie und Freunden nicht gehört wird. Das hat was mit Befangenheit zu tun. Nehme ich an. Aber in der Psychotherapie ist ja auch so, dass man naheliegenden Personen am wenigsten helfen kann. Oder vor Gericht, wo der Richter ja auch nicht über jemanden richten darf, denn er kennt.

Tagsüber ist es momentan ein wenig schwierig, da es mir wirklich schwer fällt, einfach so da zu sitzen und in die Luft zu starren. Dabei habe ich mir das immer gewünscht. Einfach nix tun, ohne schlechtes Gewissen.

Heute, 05.02.2021 habe ich, mit Hilfe von oben, ein wunderschönes Plätzchen im Wald gefunden. Ich bin zur Theresienwarte, dann weiter Richtung Siegenfeld und dann kommt eine Forststraße. Der bin ich gefolgt und dann in den Wald abgebogen. Dann kam ich zu einer Lichtung mit wunderschöner Aussicht und Felsen. Das schönste war, dass dort absolute Stille herrschte, da keine Menschen dort waren. Aber die Vögel zwitscherten. Ich setzte mich auf einen Stein und ließ mir die Sonne ins Gesicht scheinen und dachte nach. Punkt 12 Uhr schaute ich auf die Uhr und genau vor der Sonne war ein großer Nadelbaum, der oben aussah wie eine Monstranz. Die Sonne dahinter und es sah aus wie eine Krone. Ich freute mich sehr. Das war das Highlight heute. Es war überhaupt ein schöner Tag. Alleine am Berg, im Wald, in der Natur ist es doch am schönsten. Wirklich. Ich war heute 6 Stunden unterwegs. Gott war immer mit dabei, er hat mich schließlich zu diesem magischen Ort geführt.

Ich frage mich noch immer, wofür die 9 steht. Heute habe ich mir gedacht, dass es vielleicht das Ego sein könnte. 1 steht für Vater (Gott), 2 für Sohn. Ich bin immer die 2. Aber manchmal auch die 9. Diese Zahlenspiele helfen mir über den Tag zu kommen. Denn gestern Abend ist es mir sehr schlecht gegangen. Gottseidank ging´s heute wieder.

Interessanterweise ist dieser Text jetzt irgendwie zum Tagebuch geworden. Das war so nicht geplant. Lach.

Wenn ich einen nicht so guten Tag habe, dann bitte ich Gott, dass er in der Nacht meine Seele holt und reinigt und auf Reset stellt. Das beruhigt mich dann, da ich wirklich denke, dass es so ist.

Heute, 08.02.2021 war ein geiler Tag. Ich habe mich wieder führen lassen. Outdoor. Um halb 8 bin ich los, dann zum Grab und dann in Pfaffstätten vorbei, bei dem Haus, wo mein Vater zum Schluß nebenbei gearbeitet hat. Es war eine Familie aus Wien, die einen Zweitwohnsitz in Pfaffstätten hatte. Mein Vater hat sich um den Garten gekümmert, Schnee geschaufelt und war halt Mädchen für alles.

Dann bin ich weiter Richtung Gumpoldskirchen unterhalb der

Weinstraße. Ich bin marschiert wie von ganz alleine, ohne Anstrengung. Es waren nicht viele Menschen unterwegs. Gottseidank. Außer ein paar mit ihren Hunden. An der Weinstraße zwischen Pfaffstätten und Gumpoldskirchen ist auf eine Anhöhe eine kleine Kapelle. Dort wollte ich schon das letzte Mal hin. Heute habe ich den Weg gefunden. Es ist wirklich schön dort oben. Die Kapelle ist dem Heiligen Urbanus, dem Schutzpatron der Weinhauer gewidmet. Es war so angenehm ruhig dort, das es fast schon unbeschreiblich ist. Diese Stille. Ich hätte für immer dort bleiben können. Eine schöne Aussicht hat man auch. Schön langsam komme ich drauf, dass ich die Stille und Ruhe brauche und nicht den Lärm.

Jedenfalls bin ich dann weiter zur Kirche nach Gumpoldskirchen gegangen. Dort habe ich 2 Kerzen angezündet und an meinen Vater und meine Oma gedacht. In der Bibel, die dort offen liegt habe ich auch gelesen. Zu diesem Zeitpunkt hat mich meine Schwester angerufen. Gestern war sie bei mir und ich hatte einen absoluten Tiefpunkt. Ich erzählte ihr alles, welche Fähigkeiten in mir stecken und ich nicht weiß, wem ich mich anvertrauen kann. Ich kann niemanden vertrauen. Einen Weinkrampf hatte ich auch. Das war absolut gut, dass sich der angestaute Druck abbauen konnte. Gestern wusste ich tatsächlich nicht mehr, wie es weitergehen soll. Heute wieder ganz anders. Allerdings lange halte ich es hier in Baden wirklich nicht mehr aus. Hier ist viel zu viel passiert und alle sehen in mir nur den alkoholkranken Psychopathen. Ein wirklicher Neustart ist in dieser Umgebung nicht wirklich möglich.

Schlimm war gestern, dass ich in der Früh in meinem Sessel gesessen bin und absolut keine Energie mehr hatte und innerlich total leer war. Ich dachte, so das war's jetzt, ich sterbe. Hätte mich auch nicht gestört. Aber irgendwie habe ich dann Musik aufgedreht und bin bis mittags wieder auf die Beine gekommen. So was habe ich auch noch nie erlebt, aber es wundert mich nicht mehr viel, wenn ich bedenke, was in den letzten Monaten alles passiert ist.

In Gumpoldskirchen habe ich ein schönes Bankerl entdeckt. Auf der Anhöhe Richtung Richardshof. Ich-Bankerl steht dort. Witzig. Dort verweilte ich, bis ich später über den Richardshof nach Mödling weiter zog. In Mödling oben war ich auch zum ersten Mal. Dort sind prachtvolle Villen, die ich noch nie gesehen habe.

In Mödling ging ich an der HTL vorbei und machte Fotos. Fotos habe ich heute wieder einige gemacht.

Da ich Mödling war dachte ich mir, könnte ich doch bei meinem ehemaligen, langjährigen Psychotherapeuten und Lebensretter vorbei schauen. Ich wusste ja, dass er vor einigen Jahren verstorben ist, aber ich wollte ein Foto von der Villa haben, wo ich so viele Stunden verbracht habe, um meine Kindheit auf zu arbeiten. Interessanterweise war ich heute um Punkt 12 bei dem Haus.

In Mödling fand ich auch einen Friedhof, den ich mir genauer anschaute. Dann ging ich zum Bahnhof und fuhr mit dem Zug zurück nach Pfaffstätten. Ich war heute 7 Stunden unterwegs und es war ein toller Ausflug. Ich habe viele neue

Eindrücke und Erfahrungen sammeln können.

Das Zugfahren hat mich an meine Tour voriges Jahr erinnert und es war ein schönes Gefühl. Das mache ich demnächst wieder. Ich möchte sowieso, sobald die Beherbergungsbetriebe wieder aufsperren, einfach wegfahren, einfach treiben lassen und sich von Gott führen lassen. Das war voriges unbeschreiblich schön, wenn auch sehr anstrengend. Dieses Gefühl von Freiheit kann man mit nichts vergleichen. Ich brauche wirklich keine materiellen Güter mehr. Einfach einen Schlafplatz für die Nacht. Ansonsten gute Schuhe und los geht's. Ich weiß wirklich nicht, was mich noch in dieser Wohnung hält. Jedes Mal in der

Früh, wenn ich außer Haus gehe, denke ich mir, ich will nicht mehr zurück und am Abend bin ich dann wieder hier. Es gibt immer einen Grund, warum ich hier nicht weg kann. Heute im Zug dachte ich mir, so jetzt fahre ich einfach weiter bis ans Ende, aber dann fiel mir ein, dass ich kein Liquid für meine Dampfpfeiferln mehr mit hatte.

Daheim habe ich dann heute 2 Stunden lang wieder eine Eingebungsphase von Gott gehabt. Ich habe ziemlich viel Rohmaterial aufgeschrieben, das ich erst auswerten muss. Heute war es beeindruckend. Beispielsweise bin ich drauf gekommen, dass von meinem derzeitigen Wohnort aus, alle Familienmitglieder meines Vater im Osten, also

Pfaffstätten sind, auch der Friseur-salon war im Osten. Und alle meiner Mutter im Westen. Dazu ist viel, sehr viel eingefallen. Sonne geht im Osten auf, usw... Diese ganzen Verbindungen.

Also wirklich, da soll irgendwer nochmal sagen, ich wäre arbeitslos. Ich habe heute einen 13 Stunden Arbeitstag hinter mir. Aber das größte Problem ist wahrscheinlich, dass ich es so nicht sehen kann. Denn zum Beispiel Gedichte schreiben ist eine Begabung. Jede Begabung ist etwas, das man kann, also mitbekommen hat und absolut nicht schwerfällt, was aber auch nicht jeder kann. Aber, weil wir, bzw. ich im Besonderen gelernt haben, dass Arbeit etwas ganz Schwieriges und

Anstrengendes sein muss, kann ich ein Begabung nicht leicht als Arbeit sehen. Bei mir ist Arbeit immer noch mit extremer Anstrengung verknüpft. Das bekomme ich aus meinem Kopf nicht raus, obwohl ich schon Jahrzehnte damit kämpfe.

Heute war ein schöner Tag und ich danke Gott dafür. Er war ein Geschenk und gibt mir Kraft, einfach weiter zu machen.

Vorgestern, 10.02.2021 war ein besonderer Tag. Ich bin zeitig aufgewacht und hatte ein ganz schlechtes Gewissen, weil ich keinen Job habe. Um halb 6 habe ich dann meinen Rucksack genommen, einen Pullover und die Dampfgeräte eingepackt und wollte einfach fort. Also ging ich nach Pfaffstätten, bei dem Haus, wo mein Vater zuletzt gearbeitet hatte vorbei über die Weingärten Richtung Gumpoldskirchen. Es war stockdunkel und sehr kalt. Aber das machte mir weder Angst noch was aus. Ich ging und ging und ging. Ich fühlte mich frei. Doch hatte ich keine Ahnung, wohin es gehen sollte. Also ging ich zur Kirche, vorher hatte ich mir eine Jause gekauft, Tee hatte ich mit und wartete was passiert. Eine ältere Frau kam vorbei, mit einem armen, alten Schäferhund. Ich sprach sie an und fragte sie über das ehemalige Kloster und erzählte ihr meine Geschichte. Es war schön und ich dachte mir, dass würde ich gern immer machen. Sie erzählte mir, dass der Hund dem verstorbenen Pfarrer gehört hat und dass sie nach langer Zeit weg ziehen muss, da das Haus verkauft wird. Sie tat mir leid. Dann wollte ich in der Kirche Kerzen anzünden, aber es war zu gesperrt, also ging ich weiter zum Bahnhof. Ich wollte nach Gmunden, unbedingt, da ich nichts mehr zu verlieren hatte. Am Bahnhof tippe ich Gmunden ein, dann zögerte ich und setzte mich beim Bahnhof auf eine Bank. Ich war extrem verzweifelt. Meine Schwester rief an und sagte, dass das mit der Unterkunft nicht geht und dass man für ein Mietshäuschen erst irgendwann einen Besichtigungstermin bekommt und dass einfach alles nicht geht. Plötzlich saß vor mir auf der Oberleitung eine Krähe und ich verstand „fahr hin, fahr hin". Krähen symbolisieren ja meinen verstorbenen Vater. Da zögerte ich nicht mehr und ging zum Automaten, kaufte eine Karte und fuhr los. Ich dachte mich, egal, ich kann ja am Abend wieder nach Hause fahren. Im Zug war ich dann irgendwie beruhigter, obwohl es nicht leicht war unter all den Menschen. Irgendwann kamen dann wieder Zweifel und Angst hoch. In Linz rief ich Resi an und fragte sie, ob wir uns treffen können. Sie freute sich und sagte, dass ich mich melden soll, wenn ich in Gmunden bin. Da war ich schon ein bißchen erleichtert. Als ich den Traunsee sah, hatte ich gemischte Gefühle. Ich habe erwartet, dass ich niederbreche oder sowas. Dann holte ich mir beim Spar was zu essen und sah auf den See hinaus. Aber das ist so, wenn man etwas erwartet (Gefühle) findet es nicht statt. Dann rief Resi an und sagte, dass ihr Sohn Rudi bei ihr ist und ich dann auf eine Jause vorbei kommen kann. Also ging ich los. Es waren so gut wie keine Menschen unterwegs. Also ich den Stoa (Traunstein) sah, brach ich in Tränen aus. Er hat mir so gefehlt. Bei der Jause mit den beiden erzählte ich ihr alles und ich sah, dass sie Verständnis hatte, aber ich kann nicht bei ihr bleiben. Zu diesem Zeitpunkt war es mir wirklich egal und ich sagte zu ihr, dass ich einfach in den Wald gehe und Gott entscheiden lasse, was passiert. Ich hatte keine Kraft mehr. Zurück konnte ich nicht mehr.

Sie erbarmte sich und sagte, dass ich bis morgen in der Hütte bleiben darf, aber es gibt kein Wasser. Das war mir alles egal. In der Hütte kamen dann Gefühle hoch, die unbeschreiblich waren. Solche Glücksgefühle hatte ich noch nie in meinem ganzen Leben. Das war der schönste Abend, den ich je hatte. Ich hörte Musik, machte Blödsinn, tanzte, schrie herum und war unendlich glücklich. Um 10 legte ich mich hin und schlief 6 Stunden durch. Hatte ich auch das letzte Mal in der Jugend vielleicht. Dann erinnerte ich mich, dass dieser Tag der 41ste Tag des Jahres war. Also, der erste Tag nach 40 Tagen. Was ja oft in der Bibel zu lesen ist. Das und das mit der Krähe, waren Zeichen Gottes, da bin ich mir absolut sicher. Am Abend bin ich dann kurz aus der Hütte und es schneite leicht mit Blick auf den See und die vielen Lichter. So ein Augenblick ist für die Ewigkeit, unvergessen schön.

Den nächsten Tag in der Früh frühstückte ich noch mit Resi und um 8 wollte ich zur Moaralm. Es lag zirka 10 cm Schnee. Also ging ich los. Es war toll, am ganzen Weg begegnete ich keinen einzigen Menschen. Ich zog hinauf wie eine Lokomotive. Oben angekommen, waren die Gefühle eher neutral, aber wie gesagt, das ist wegen der Erwartungshaltung. Trotzdem war es toll, den Stoa von hinten zu sehen. Ich sah auch ein Widder-Symbol, das ich zu einem Herzen formte. Es war wirklich saukalt (14 Grad minus) und die Finger froren trotz Handschuhen. Aber das war mir alles egal. Beim Runtergehen fing ich zum Tanzen an und hatte Spaß. Aber immer die Ungewissheit im Hinterkopf, wo ich in der Nacht schlafen soll. Mittags war ich dann wieder bei Resi und fragte sie, ob ich mich noch in der Hütte ausrasten darf. Sie kam dann um 3 und ich betete, dass ich dort bleiben darf, aber sie blieb hart und sagte, wenn ich jetzt nach Hause fahre, dann soll ich sie am Montag anrufen. Da kam die Verzweiflung wieder hoch. Aber ich willigte ein und fuhr mit den Zug bis

Pfaffstätten. Da hatte es auch geschneit und es war finster und kalt. Aber das machte mir nichts. Ich wollte noch zum Grab gehen. Das war ziemlich unheimlich, nachts am Friedhof. Doch ich hatte keine Angst. Ich sah, dass die Kerze erloschen war, aber ich hatte vorgestern eine Reservekerze hingestellt, die zündete ich an. Ich sah zum Himmel und da war genau ein Stern, dann zündete ich die Kerze an und schaute wieder nach oben, da war er weg. Da dachte ich mir. Ich habe Dir das Licht von oben herunter gebracht. Das sind sehr berührende Momente, von denen ich in den letzten Monaten mehr als genug hatte.

Heute, 12.02.2021 war es in der Früh auch sehr interessant. Ich sagte zu mir, dass ich einfach heute Pause machen und einfach ruhen will. Doch dann kam alles anders. Wie in Trance fing ich an Staub zu saugen, aber so langsam und so gründlich, wie ich es noch nie getan hatte. 2 Stunden hatte ich gesaugt und es hat Spaß gemacht. In aller Ruhe. Es war magisch. Ein Zeichen hat er mir dabei auch wieder geschickt. Also ich unter dem Schreibtischkasterl saugte, war da plötzlich ein leeres Packerl Memphis Light. Total vergilbt und verstaubt. Und ein Packerl Marlboro Gold. Die Memphis hatte ich vor gut 20 Jahren das letzte Mal geraucht. Ich hab sie mir aufgehoben. Jedenfalls wollte er mir damit sagen, dass ich es geschafft hatte, mit dem Rauchen aufzuhören und stolz sein kann. Das war auch gleichzeitig die Belohnung fürs Staubsaugen.

Am Vormittag fiel mir ein, dass ja Tina eine Gartenhütte hat. Vielleicht kann ich dort ja unterkommen. Also rief ich sie an. Sie sagte, dass sie noch mit ihren Sohn wohin fährt, aber dass sie dann zu mir kommt. So war es dann auch. Ich erzählte ich alles. Das tat gut. Die Gartenhütte kann ich aber nicht haben, aus miettechnischen Gründen. Habe ich mir ja schon denken können. Das mir die Bürokratie wieder einen Strich durch die Rechnung macht. Aber sie sagte, dass sie mit mir spazieren gehen könnte. Also gingen wir um 3 Uhr, 2 Stunden am Harterberg umher. Ich erzählte ihr alles und es tat gut. Trotzdem weiß ich immer noch nicht, wem ich vertrauen kann und wem nicht. Sie hatte mir auch einen Schutzengel geschenkt. Darüber habe ich mich sehr gefreut.

Heute war wieder so ein Tag, wo ich anfangs, also in der Früh große Bedenken hatte und jetzt doch sehr sehr schön war. Ich danke Gott dafür.

Heute, 17.02.2021 dachte ich anfangs wieder, dass es ganz schlimm kommt. Doch dann ging ich raus und bei meiner Mutter vorbei. Ich besuchte sie und es war alles ganz anders. Ich konnte gut mit ihr reden. Meine Schwester kam dann auch noch dazu. Es ist wirklich mysteriös, magisch derzeit. Heute ist Aschermittwoch. In der Früh machte ich den Schinken auf und wollte mir schon ein Stück in den Mund schieben, da fiel mir plötzlich ein, dass man heute ja kein Fleisch essen soll. Daran habe ich mich dann gehalten. Doch vorhin, als ich heim kam, sah ich im Kühlschrank Wurst liegen und verspeiste sie. Erst anschließend, registrierte ich, was ich gemacht hatte. Aber ich denke, Gott verzeiht mir. Ich bin doch erst am Anfang.

Vorgestern und gestern habe ich wieder Gedichte geschrieben. Am Sonntag und Montag war ich mit Tina eine Runde spazieren. Aber ich passe höllisch auf, damit ich nicht wieder in alte Muster verfalle. Auch heute bei meiner Mutter. Ich weiß ja selbst nicht, was momentan mit mir los ist. Es ist wirklich alles magisch. Trotzdem möchte ich bald weg von Baden. Das habe ich vorgestern wieder gesehen. Tina war bei mir und ich musste weinen und es ging mir schlecht. Das erste was ihr eingefallen ist, dass ich wieder in die Anstalt soll. Das ist hier eben so. Ganz egal was ich mache, ich soll in die Anstalt, wenn es mir einmal nicht gut geht. Das kann's doch auch nicht sein. Aber ich nehme mir das zu Herzen. Da kann ich endlich Gefühle zeigen und weinen, ist das auch wieder nicht gut. Scheiß drauf, mir soll's gut gehen.

Gestern habe ich mir mittags Grammelknödel mit Sauerkraut gemacht und dazu klassische Musik angehört. Die Musik hat mir sehr gut getan. Genauso habe ich am Sonntag in der Früh um halb 6 Gregorianische Gesänge von den Mönchen von Heiligenkreuz gehört. Später sagte mir Tina, dass man das im ganzen Haus gehört hat. War also auch wieder nicht ok, aber die anderen scheißen sich überhaupt nichts. Also, was ist falsch und was ist richtig?

Gestern habe ich einen Engel zum Grab von Oma und Papa gebracht. Lustigerweise schaut er aus wie ich.

Sehr schön fand ich gestern und vorgestern, dass ich daheim sitzen konnte, entspannen, nichts tun und kein schlechtes Gewissen hatte. Also, Fortschritte sind ja da, trotzdem ist es mir unheimlich. Ich finde auch gut, dass ich Gefühle zeigen kann. Aber mit den Menschen komme ich momentan einfach nicht zurecht. Einmal tun sie mir alle leid, dann wieder nicht, usw.

Am Montag nahm ich ein Bad und fing spontan an, zu singen. Heute früh habe ich gebügelt. Oft bin ich sehr verzweifelt, weil ich jetzt so tolle Sachen kann und so viel an mir gearbeitet habe, dass es mir gut geht und jetzt ist keiner mehr da. Ironie des Schicksals.

Trotzdem danke ich Gott, dass er mich täglich begleitet und mir den Weg zeigt und mir Kraft gibt.

Heute hat meine Mutter erzählt, dass ich als Kind schon hochsensibel war. Als ich 2 Jahre alt war, und sie das Haus verließ, schrie ich wie am Spieß. Wenn man jetzt bedenkt, dass sich Gott die ersten 3 Jahre um mich gekümmert hat, was könnte das heißen?

Momentan bin ich so vorsichtig unterwegs, wie ein Elefant im Porzellanladen. Ich achte genau darauf, zu wem ich was sage, was ich eigentlich kaum tue. Ich achte auf die Uhr, wie ich darauf reagiere. Alles ist so neu und ungewohnt. So misstrauisch wie jetzt war ich mein ganzes Leben noch nicht. Vielleicht ist das gar nicht so schlecht. Denn ich war immer der Meinung, wenn ich jemanden treffe, dann bekommt er

einmal einen Vorschuss an Vertrauen. Wenn er mich dann anlügt,
muss eh er mit der Lüge leben. Mein
Motto war immer, offen und ehrlich.
Aber jetzt ist das genau andersrum.
Ich hoffe wirklich, dass die Beher-
bergungbetriebe bald wieder aufsperren, nicht nur, dass ich wieder
zu Resi kann, sondern allgemein, da
ich ja auch pilgern gehen möchte.

Heute, 23.02.2021 wusste ich am
Nachmittag nicht wirklich was anzu-
fangen. Da dachte ich daran, dass
ich mit meiner Mutter spazieren gehen könnte. Haben wir noch nie,
bzw. in den letzten Jahren gemacht.
Genau zu diesem Zeitpunkt, als ich
daran dachte, fiel von meinem Bon-
saibaum ein Blatt ab. Das bedeutet
immer was. Ein Zeichen von oben.

Also rief ich sie an und dann gingen wir zum Grab. Dann saßen wir in der Sonne am Friedhof auf einer Bank und redeten. Aber nicht wie früher. Es war ein tolles Gespräch. Wie unter Freunden. Also hat sich da gewaltig was geändert. Es war immer nur Dorli, die sich lustig darüber machte, dass ich zu meiner Essen gehe und das sie meine Wohnung putzte, usw. Da dachte ich an die Worte meines langjährigen Therapeuten, dass es nicht an meiner Mutter liegt. Es war wirklich dieser Teufel namens Dorli.

Anschließend war ich noch bei meiner Mutter und ich habe eine Gemüsesuppe gegessen. Auch da haben wir wieder toll mit einander geredet. Sie sagte auch, dass es eine unmenschliche Leistung ist, was ich geschafft habe. So hat sie das noch nie gesagt. Ich habe ernsthaft überlegt, in meinem alten Kinderzimmer zu übernachten. Einfach so, schauen, was passiert. Aber das kann ich ja immer noch machen.

Am Samstag, 20.02.2021 war ein ganz besonders toller Tag. Ich ging außer Haus und ließ mich wieder führen. In der Flamminggasse ist ein Kreuz und davor eine Bank. Vorbeigegangen bin ich schon tausend Mal, aber diesmal setzte ich mich hin und aß ein Würstel mit Gebäck und trank einen Tee. Dann überlegte ich, dass ich eigentlich wieder einmal in die Stadtpfarrkirche gehen könnte. War ich seit meiner Kindheit nicht mehr, obwohl ich dort getauft, die Erstkommunion und die Firmung erhalten habe. Also ging ich hin und sah mich um. Es war ein vertrautes Gefühl. Besonders konnte ich mich daran erinnern, dass ich einmal Weihnachten in der ersten Reihe bei der Messe gesessen bin und es überhaupt nicht erwarten konnte, dass ich endlich mit meinem Lego-Auto spielen konnte, das unter dem Christbaum wartete.

Jedenfalls, in der Kirche las ich in leuchtenden Buchstaben, Beichte, bitte warten. Ich dachte mir, das interessiert mich, wenn ich schon da bin, warum nicht? War ich als Kind das letzte Mal. Also, wartete ich kurz bis ich dran kam. Wie es der Zufall so haben wir, obwohl an Zufälle glaube ich ja nicht mehr, war dort der Pater, den ich kannte und nahm mir die Beichte ab. Es war ein tolles Gefühl. Danach war ich so erleichtert, dass ich den Kurpark hinauf förmlich flog, dann weiter über den Rudolfhof über die Faberhöhe und die Stadt zurück nach Hause. In der Stadt kam ich beim Jeansgeschäft vorbei und dachte mir, na, da nehm ich mir gleich eine neue Hose mit, meine ist eh schon kaputt. Einfach so. War alles nicht geplant. Daheim dann schrieb ich 5 neue Gedichte über den Tag und am Abend, 21 Uhr, bat ich noch Tina, dass sie rüberkommt und auf mich aufpasst, während ich mir ein Steak zubereitete. Aufpasst deshalb, da es schon vorgekommen ist, dass es mir während des Kochens nicht mehr gut geht und ich mich nicht auskenne, wegen Überforderung. Aber es ist alles gut gegangen. Das war ein 20 Stunden Arbeitstag.

Die letzten Tage waren dann ziemlich herausfordernd. Da ich wirklich nicht weiß, wie ich den nächsten Tag überstehe. Von vor den Zug werfen bis Lottosechser ist da alles drinnen. Obwohl ich mich nie umbringen würde. Das kann ich auch gar nicht, wenn dann nur er. Aber er hat mir eine zweite Chance gegeben und die werde ich nützen, auch wenn ich noch sehr skeptisch, misstrauisch bin und noch nicht weiß, wo das ganze hinführt. Aber irgendwie überwiegt das Positive, deshalb einfach weitermachen.

Am Abend rede ich wirklich mit mir selbst, wie wenn mein Körper eine Puppe wäre und ich sie steuere. Sehr spannend.

Heute ist mir auch eingefallen, was Gott verbunden hat, das darf der Mensch nicht trennen. Ich dachte dabei immer an Hochzeit, aber heute fiel mir dazu die Familie ein. Das gab und gibt mir wirklich zu denken. Ich bin stolz auf meine Familie. In der Vergangenheit habe ich vieles möglicherweise ein wenig verdreht gesehen, aber das war so und gehört zu meiner Geschichte.

So, da bin ich wieder. Ziemlich genau vor einem halben Jahr gipfelte mein Höhenflug mit dem größten Blödsinn, den ich je in meinem Leben gemacht habe. Ich ging auf den Berg und sprang hinunter. Für einen Außenstehenden mag das wie ein Suizid aussehen, aber es ist nicht so einfach zu erklären. Ich wollte in eine andere Dimension, sehen ob ich unsterblich bin.

Ich hatte großes Glück, ich lebe noch. Dafür bin ich dem Herrn jeden Tag dankbar. Aber auch den anderen, die mich die letzten Monate begleitet haben. Besonders meiner Schwester, die übermenschliches geleistet hat.

Wenn ich es schaffe, durch mein Buch auch nur einen Menschen von so einem Blödsinn abzubringen, dann ist mein Ziel erreicht und mehr wert als all der materielle Reichtum auf dieser Welt.

Als ich sprang, war da plötzlich ein Blitz und es war finster. Aufgewacht bin ich am Rücken liegend. Ich konnte mich nicht bewegen und hatte das Gefühl, mit dem Berg verwachsen zu sein. Vor mir ein Baum. Dann dachte ich, und jetzt? Also schrie ich um Hilfe. Bald schon kam ein Mann und redete ganz ruhig mit mir und gab mir Wasser. Sein Kollege war noch oben am Berg und der verständigte die Bergrettung. Die kamen dann und einer sagte, was machen wir? Mit dem Hubschrauber oder über den Weg ins Tal? Als ich Hubschrauber hörte, schrie ich Hubschrauber. Es sollte etwas Besonderes sein. Dann hörte ich ihn schon, dieses Geräusch werde ich mein Leben im Ohr haben.

Sie zogen mich auf einer Bahre und unter größten Schmerzen den Berg ein Stück nach unten. Dann verlor ich erneut das Bewusstsein. Aufgewacht bin ich erst am Seil frei hängend, der Retter vor mir, der Hubschrauber über mir, unten nichts. Dieses Gefühl war absolut geil und wird mir immer in Erinnerung bleiben.

Schlussendlich war ich dann eine Woche auf der Intensivstation in Wr. Neustadt, 4 Monate in Baden auf der Psychiatrie und ein Monat auf Reha in Klosterneuburg.

Ganz nach dem Motto: Gestern stand er noch vor dem Abgrund, heute ist er einen Schritt weiter.

Als Blödsinn würde ich den Unfall gar nicht bezeichnen. Er war notwendig um meine Manie zu stoppen. Ich habe ja voriges Jahr die Psychopharmaka abgesetzt, jetzt nehme ich wieder welche und ich würde es wirklich niemanden empfehlen, die Pulver im Alleingang ohne Arzt abzusetzen.

Ich kann es nicht oft genug wiederholen, aber ich habe wirklich großes Glück gehabt. Körperlich habe ich einen Trümmerbruch vom linken Schienbeinkopf, der rechten Schulter und Ellbogen davon getragen.

Wie geht es mir heute? Schwer zu sagen. Aber ich denke es wird täglich besser. Ich achte sehr auf die kleinen Fortschritte. Einmal ist es eine Bewegung, die gestern noch nicht möglich war. Ein anderes Mal ein Gefühl oder ein Gedanke, den ich vorher nicht kannte.

Wenn ich eines aus den letzten Monaten gelernt habe, dann dass man wirklich niemals aufgeben darf, auch wenn das letzte Jahr sicher zu den schwersten Prüfungen in meinen Leben zählte.

FSC
www.fsc.org
MIX
Papier | Fördert
gute Waldnutzung
FSC® C083411

Zeitfracht Medien GmbH
Ferdinand-Jühlke-Straße 7
99095 Erfurt, Deutschland
produktsicherheit@kolibri360.de